文庫

# 海を見ていたジョニー

新装版

五木寛之

講談社

目次

五木寛之には『海を見ていたジョニー』がある。ぼくには忘れられない作品で、これを思いだすたびに、いつもきまってジェイムズ・ボールドウィンの短編『ソニーのブルース』が浮かんでくるのだ。というのは、このボールドウィンのがパーティザン・レビューに発表されたとき、彼はまだ無名の存在だったが、それまでのジャズ小説には嘘っぱちが多いといって相手にしなかった黒人ミュージシャンたちが、これにはうなってしまったのである。五木寛之のはボールドウィンのに肩を並べるほど出来ばえがよかったし、これからさきどんなジャズ小説が書かれるか、それはわからないけれど、ぼくはこれこそ日本で最初のジャズ小説だと考えているのだ。それまでにもジャズ小説はあった。けれどあまりよくジャズのことは知らないようだったし、虚飾だらけだったから問題にならないと思った。そうしてジュンイチという少年がやはりトランペットに夢中になっていて、ピアノが凄くうまい黒人兵ジョニーと仲よしになる短編『海を見ていたジョニー』が、長編『青年は荒野をめざす』を八か月にわたって書いているあいだに執筆されたことも興味ぶかい。

植草甚一　文藝春秋刊　五木寛之作品集　解説より

# 海を見ていたジョニー

# 1

少年の目の前に、ぬっと褐色の手がさしだされた。

「やあ《ハーイ》、ジュンイチ」

喉からでなく、胸の奥からひびく柔かい低音《バス》だった。こんな声は誰にでもだせるものじゃない。白っぽい指の腹を見せて、握手をもとめている黒人の手。

〈だれだろう? まさか――〉

少年は一瞬たじろいだ。その動揺を見ぬいたように、優しい声が囁《ささや》いた。

「やあ、ジュンイチ。かえってきたよ。わたしだよ」

カウンターの中で、うつむいて氷を割っていた少年は、おそるおそる顔をあげて相手を見た。

「ジョニー!」

「そうだ。しばらくだったたな」

目の前の手を握ろうともせずに、少年は口をわずかに開けて、古い友人を眺《なが》める。

ジョニーだ。殺されもせずに、かえってきたんだ。去年の夏、ふっと姿を見せなくなった黒人兵のジョニー。おれのジャズの仲間。

「やあ《ハーイ》」

それだけ言うと、そのまま少年は口ごもった。こんな場合に、どう応じればいいのかわからないのだ。酒場仕込みのお得意の英語も、こうなるとからきし役に立たない。

「やあ、ジョニー」

と、それだけで、後は口の中で何となくごまかす。よくかえってきたな、おれは嬉しいよ、と言ったつもりだ。カウンターごしに、濡《ぬ》れた手で温いジョニーの手をぎゅっと握りしめる。

ジョニーが笑った。黒い肌の顔に、まっ白い歯が光った。

「元気そうじゃないか、ジュンイチ」

「ああ。あんたもな」

「そう見えるかね？」

と、ジョニーが真顔できいた。「ほんとにわたしが元気だと思うかい？」

「ああ」

「よく見てくれ、わたしを。ちゃんとまっすぐに見るんだ。さあ」

ジョニーは一歩さがって壁際に立った。真剣な顔だった。まるで銃殺される男みたいなぐあいに、だらりと両手をさげ、目をつぶってうなだれる。

少年は驚いて背広姿の黒人を眺めた。米式蹴球《しゅうきゅう》の選手にタックルされても軽くはじき返しそうな、堂々たる巨体。少し胴長で、腰幅があって、まるで牡牛《おうし》みたいな感じだ。

白っぽく乾いた厚い唇がうごいた。「どうかね？　え？」

「どうって、べつに――」

「そんなはずはない。わたしは変ってしまった。そうだろう？」

「そうは見えないけど」

「いや。そうだ。わたしは駄目になってしまった。すっかり変ってしまったのさ。体中から変な匂いがするし、それに――」

ジョニーは、ちらと店の奥においてある古ピアノのほうへ目をやった。「わたしはもう、ピアノだって弾《ひ》けなくなってしまったのさ。もう、おしまいだ」

「どうしたんだい、ジョニー」

少年はカウンターをくぐって、黒人兵の腕を引っぱった。部屋の隅のボックス席へ連れて行き、そこに坐らせる。

「酔ってるのかい？」

「いや」

「いつかえってきたんだい？」

「きのうだよ」

「除隊になったのかね」

「また行くんだ」

「いつ？」

「十日後に」

「一時帰休というやつだな」

「そんなところだ」

「どんなふうだった？」

「なにが？」

「戦争さ」

ジョニーは答えるかわりに、かすかに笑っただけだった。少し気味の悪い笑いかただった。

「しばらく休んでなよ。おれは氷を割ってしまうから」

開店《オープン》の時間がせまっていた。この辺の酒場は、よその街とちがって正午から商売をはじめるのだ。姉の由紀《ゆき》がやってくる前に、しておかねばならない仕事が沢山あった。彼女には危くて、氷を割る仕事はさせるわけにはいかない。姉の由紀は、時どきふっと放心状態になるくせがあった。いつだったたか、手首にまともに氷かき《アイス・ピック》を突き立てた事がある。それ以来、少年は姉に氷を割らせるのはやめにしたのだ。

割った氷に水をかけながら、ジョニーはいったいどうしたというんだろう、と少年は考えた。とにかく、彼が無事でいてくれただけでもありがたい。ある日突然、ふっと店に姿を見せなくなってしまい、そのまま二度と現れない兵隊も多いのだ。今夜はジョニーと演奏《プレイ》ができるかも知れない。まったく、ひさしぶりだ。六ヵ月、いや、彼がこなくなったのが去年の夏の終り頃だから、十ヵ月ぶりになる。

少年は洋酒棚の端においてあるトランペットのケースに目をやると、無意識に唇をなめて微笑した。

変ったって？　嘘《うそ》だ。ジョニーはちっとも変ってやしない。ただ、疲れてるだけなんだ。一緒にじっくりと、誰のためにでもない、自分たちだけのためのジャズでもやれば、すぐに元気をとりもどすだろう。今夜は隣の店の、あの甘ったるいジューク・ボックスを黙らせてやるんだ。ジョニーのピアノと、おれのトランペットの昔通りの合奏《コーラス》で。

少年の頬に、明るい血の色がうかんできた。褐色の大男は、テーブルの上に顔を伏せて、眠ったように動かなかった。高い通風孔から、初夏の光の縞《しま》が床にのびていた。少年は体を動かしながら、ジョニーと初めて会った晩のことを思い出そうとしていた。

## 2

あれは今から一年以上も前のことだ。少年はトランペットのケースをさげて、海ぞいの遊歩道を歩いていた。港の一部に細長い公園があり、その公園と海との間に広い道があった。

あたりは暗かった。海のほうから、四月の生温かい湿った潮風が吹いていた。街は眠っており、公園の中にも、道路にも、人影はなかった。

少年は立ちどまって海を見おろした。道路の端から数メートル下に、黒く揺れ動く水面がある。その水面に接して、せまい四角な石畳みが波に洗われていた。道路から石段を降りてそこへ行けるのだ。干潮の時は、石畳みは乾いていた。だが今は、石段の途中までしか行けない時間だ。

この遊歩道には、いくつかのそんな場所があり、そこは少年にとって、いちばん安心できる場所だった。人目につかず、どんな音を立てても文句を言われる気遣いもない。海水のピタピタと鳴る呟《つぶや》きと、潮風と、貨物船やタンカーのシルエットと、そして安物のトランペットと自分だけだ。

深夜、少年は楽器のケースを抱えて、そこへやってきた。姉と二人でやっているスナック・バーを閉めるのが二時だから、後始末を済ませてくると、いつも二時半過ぎになる。

「あんた、自分に才能があるとでも思ってるみたいね」

と、姉の由紀は皮肉な言いかたをした。

「その年になって、女の子よりジャズに夢中というのは、何だかおかしいわ。セックスなんかには興味ないって顔をして。淳一、あんた少し変なんじゃない？」

少年は自分を変だと思った事はなかった。変なのは姉の由紀のほうだ。二年前に現地除隊して、ずっと日本に住んでいる若いアメリカ人に入れあげて、売上げを片っぱしから貢《みつ》いでしまう。おかげで仕入れにも苦労するしまつだ。男のほうは、すっかりヒモ気取りで、毎日ぶらぶら遊び暮らしている。

母親は少年が幼稚園の頃、病気で亡くなっていた。税関吏だった父親は、五年ほど前から精神科の病院に入院したままだ。高台の住宅地にあった家を売って、港に近い飲食街の一角にスナック・バーをはじめたのは、姉の由紀の思いつきだった。

店の名前を〈ピアノ・バー〉という。古いピアノが一台おいてあって、客が勝手に弾くようになっていた。

近くのホールに出ているベース弾きの健《けん》ちゃんという青年が、仕事の帰りに毎晩やってきた。仲間を連れてきて、好き勝手な演奏をやって遊んで行く。外国船の船員や、キャンプのアメリカの兵隊たちの客の中には、なかなか大したミュージシャンもいた。白や、黒や、黄色や、いろんな人種が〈ピアノ・バー〉へやってきた。

客たちは三つのグループに分れていた。ジャズが好きな客と、ウイスキーを飲みにくるのと、姉の由紀を目当ての連中だ。

店をはじめた時は、由紀が二十二歳で、少年はまだ中学生だった。それから四年、少年は中学を卒業したが、高校へは進学しなかった。彼は〈ピアノ・バー〉の仕事と、ジャズが気にいっていて、それ以外の事は、なんにも念頭にない。

ベース弾きの健ちゃんの仲間からもらったトランペットを吹きだして三年目になる。小遣いは全部、レコードとモダン・ジャズ喫茶につぎこんできた。街で女の子を引っかけたり、洒落《しやれ》た服を着たり、スポーツカーに夢中になったりするより、ジャズを聴いているほうが、どれだけ素敵だかわかりゃしない。マイルス・デイヴィス、ソニー・ロリンズ、ディジー・ガレスピー、セロニアス・モンク、それだけじゃない。ディキシーも、ビッグ・バンドも、ヴォーカルも、みんな好きだった。

「変なやつ」

と同級生たちは、父親の事にかこつけて少年をからかったが、彼は平気だった。皆からのけものにされても、ちっとも淋しくなんかない。健ちゃんは親切に教えてくれるし、〈ピアノ・バー〉は少年の城だった。凄い美人で、頭のいい姉貴もいる。

店を閉めて、楽器のケースを下げて、海ぞいの夜の道を歩いている時、少年は何か広い明るい世界へ向って歩いているような気がした。あたりは暗く、犬の子一匹いなくても、彼は雑踏をぬってステージへ急ぐ人気プレイヤーのような気分を感じるのだった。

その晩、少年が道路から石段を降りて行くと、先客がいた。暗くてはっきりは見えないが、どうやらクラブ帰りのアベックらしい。

「だれかきたわよ」

と、湿った女の声がした。

「平気だよ。気にすんな」

と、男の声が言う。

少年は道路へ上ると、別なステージを探した。もう二ヵ所ほど、同じような場所があるのだ。一番気に入った所は占領されていたが、別にそこでなくては、ということはない。

もう一つの場所をのぞく。波が軽い音をたてているだけだった。誰もいないらしい。少年は爪先で階段を踏んで、水面のほうへ降りて行く。途中でポケットから出したビニールの風呂敷《ふろしき》をひろげ、楽器のケースをそっと置いた。

〈今晩は吹けそうだ〉

そんな気がした。階段で少し脚をひらき、猫背の姿勢でトランペットを唇に当てる。バルブの弾力を指に感じると、体の奥でもう音楽が流れはじめた。まずブルースからやってみる。赤字がかさみだした店のことも、精神科病院の父親のことも、男に嫉妬して睡眠薬を飲もうとした姉のことも、何もかも、ずっと遠くへしりぞき、今はただ生きもののようなメロディーが脈うってくるのを待つだけだ。

二、三曲吹きおえた時、頭の上で不意にゆっくりした拍手が起った。

「ブラボー！」

少年は顔をしかめて、そちらを振り返った。道路の上から黒い大きな影が、手を叩《たた》きながら、ゆっくりと階段を降りてくる。

「だれだい？」

と少年はきいた。返事はなかった。黒い影は嘘みたいに大きく、真黒に見えた。

「ハロー」

と、その男は柔かい低音《バス》で言った。「ハロー、小さな《リトル》デイヴィス君」

「何か用かい」

と少年は英語で言った。外人客を相手にカウンターの中で覚えた生《なま》の英語だ。「おれは酔っぱらいの相手なんかしてるひまはないぜ」

「酔っぱらってなんかいないさ」

「そうかね」

「そうだとも」

「じゃ何だい」

「まあ、そうがみがみ怒鳴るなよ」

と大男は静かな口調で言った。「そばに坐っていいかね」

少年は黙っていた。相手は黒人の大男だ。駄目だといった所ではじまるまい。ゆすられるほどの金も持ってないし、怖いことなんかありはしない。いや、ひょっとしたら――。

少年は振り返って、うしろに拡がる夜の海を眺めた。妙な真似をしかけたら、飛び込んで泳いで逃げるだけだ。まだ水は冷いだろうが、バックを取られるよりましだ。

少年はこれまでも、何度か外人客に変な誘惑を受けた経験があった。思いがけないような上品な客の中にも、ホモは沢山いた。ベース弾きの健ちゃんも、海兵隊の将校に追いかけられて苦労した事があったらしい。

「いつから吹いてる?」

とその男がきいた。

「三年前から」

「なかなか旨《うま》いじゃないか」

「そうかい」

「いちおうブルースになってるよ」

少年は少しむっとした表情で、男を見おろした。男は煙草《たばこ》に火をつけた。褐色の異様な顔がぼうっと浮び上った。男はよくひびく底深い声で続けた。

「だが、君はブルースとは何か、という事を知らないで吹いてるな」

「ジャズは言葉じゃない。感じてるままに吹けばいい。そう誰か偉いのが言ってたぜ。音楽は理屈じゃないだろ」

「そうだ。だけど君は日本人だ。黒人じゃない」

「だからブルースはやれないって言うのかね」

「そんな事じゃない」

「じゃ、なんだ」

少年は、その黒人の大男の隣に腰をおろして言った。

「聞こうじゃないか。あんたの考えを。一席ぶってみたいんだろ、え?」

「よし」

と、男は言って煙草を海に投げた。赤い火が弧を描いて飛び、黒い海に消えた。遠くに貨物船の舷灯《げんとう》がいくつも見え、粘つく風が吹き、あたりは静かで、世界中で目を覚しているのは、その大男と自分と二人きりのような気が少年にはした。柔かい低音《バス》が続いた。

「おれたち黒人は、感じたままに吹いてブルースになる。だが、君たちは外国人だ。ブルースってのは何か、という事を考え、理解しなきゃ本当のブルースをやることはできない。わたしはそう思うね」

「じゃ、ブルースっていったい何だ?」

「悲しい歌がブルースだと思ってる奴がいる。黒人の悩みと祈りの呻《うめ》き声だと書いてある本もある。だが、それは違うな。ブルースって音楽は、正反対の二つの感情が同時に高まってくる、そんな具合のものさ。絶望的でありながら、同時に希望を感じさせるもの、淋しいくせに明るいもの、悲しいくせに陽気なもの、悲しいくせにふてぶてしいもの、俗っぽくって、そして高貴なもの、それがブルースなんだ。そこの所をしっかり摑《つか》まえなきゃ、本当のブルースはやれない」

少年は黙っていた。男はわかりやすい、はっきりした英語で、ゆっくり喋《しゃべ》った。学校の先生か、それとも牧師だろう、と少年は考えた。

「あんたの名前は？」

と少年は聞いた。「兵隊かい？」

「ジョニーと呼んでくれ」

と男は言った。「野牛《バッファロー》のジョニーと言う奴もいる。座間《ざま》のキャンプから時どきこの街へ出てくるんだよ」

「おれはジュンイチ。十七だ」

と少年は言った。「公園の向こうの街で店をやってる」

「君が？」

「姉にも手つだってもらってるがね」

少年は少し得意気に笑ってみせた。「いまに商売をやめて、ちゃんとしたミュージシャンになる積りさ」

「それはいい。だが――」

「なんだい？」

「ひとつだけ言っておこう。ジャズってのは人間の音楽だ。ジャズを好きだって事は、人間が好きだって事だ。ジャズ的ってことは、人間的ってことだ。汚れた手で、本当のジャズがやれるはずはない。これだけは覚えておくことだな」

「あんたは、従軍牧師かね？　いやに固っ苦しいことばかりいうなあ」

「いや。ただの一等兵だよ」

それからしばらく黙って海を眺めていた。ひたひたと階段に音を立てる黒い水は、少し臭い匂いがしたが、とても良い気持の晩だった。

「ジュンイチ」

と、ジョニーが言った。「トランペットをケースにしまいたまえ。潮風は楽器に良くないぞ」

少年は言われた通りにトランペットをしまい、立ちあがって言った。

「今度おれの店にこいよ。ピアノ・バーって聞けばすぐわかる」

「じゃ、またな」

「あんたは？」

「ここにしばらく居よう。少し考えごとがあるんだ」

「さよなら」

階段をあがって、道路の上からのぞくと、ジョニーの黒い大きな影が、じっとうずくまって海のほうを向いていた。それは何か人間ばなれのした、異様な動物のように見えた。

あの男は何を考えてるのだろう、と少年は思った。なぜか、ひどく古い友達と別れたような気がした。そんな気分になったのは、これまでにない事だ。

「野牛《バッファロー》のジョニー」

と、少年は口の中で呟《つぶや》いてみた。何となく懐かしい感じのする名前だった。

それが、ジョニーと会った最初の晩だった。

## 3

ラジオ関東の時報が正午を知らせた。少年はカウンターを出て、店のドアにオープンの札をかけた。隣の店のジューク・ボックスが、感傷的な演歌をやりだした。ジョニーは相変らず奥のテーブルにうつぶせになったままだ。

ドアが開いて、派手な背広を着た白人の青年がはいってきた。姉の男のマイクだ。薄い唇と、翳《かげ》ったまつ毛と、長い脚をもった、甘い感じの美青年だ。二十四だとか言っていた。この二年間というもの、少年の姉に食いついて、のうのうと暮らしている。

「ユキはまだかい？」

「そっちと一緒じゃなかったのかね」

と少年は冷蔵庫の扉をバタンと閉めて言った。余り口もききたくない相手だが、いちおう姉の男だ。

「もう酔っぱらってやがる」

とマイクは奥のテーブルのほうを眺めて言った。「追いだしてやろうか」

「ありがたい。たのむよ」

少年はそしらぬ顔でうなずいた。ジョニーだと気がついたら、奴はたまげるに違いない。

「おい」

とマイクがジョニーの襟《えり》もとを摑んで揺り動かした。「目をさませ、でかいの」

「うるさい」

と、ジョニーが呻《うめ》いた。「あっちへ行け」

「何だと？」

「何だ」

ジョニーは顔をあげた。マイクは掴んでいた手を感電したように引っこめる。

「ジョニーじゃないか！」

「あっちへ行けと言ったのが聞えんのかね」

「いつ帰ってきたんだ？　え？」

「水を一杯くれ」

と、ジョニーは立ちあがって、カウンターの所へやってきた。マイクは間の悪そうな顔で、突っ立ったままだ。

マイクは、一度ジョニーに危い所を助けられた事があった。それ以来、ジョニーには頭があがらない。あの時の模様を思い出すと、少年は今でもカッと胸の奥が火照《ほて》ってくる。

あれはジョニーが初めて〈ピアノ・バー〉へやってきた晩の事だった。

その日は土曜日で、朝から雨が降っていた。夕方になると、風も出てきて、いやな晩になった。だが、そんな日は不思議と店が混んだ。欲求不満を絵に描いたような兵隊たちや、外国船員たちが、ぞろぞろやってくる。少年と姉とで手が回らないほど忙しくなる。

「マイクに手伝わせろよ」

と少年が言う。

「お客みたいな顔で飲んでいることはないだろう」

「マイクにウエイターは無理よ。あの人はてんで無器用なんだから」

少年は黙ってしまう。それ以上言うと、喧嘩《けんか》になるからだ。たて込む客を放っておいて姉とやり合っているひまはない。

カウンターにも、テーブルの上にも、それぞれの客の前に百円銀貨がポーカーのチップのように積みあげてある。

坐ると客が千円札を一枚出す。少年が百円銀貨を十枚、その前におく。客が飲んだ分だけ、その中から取って行く。百円銀貨がなくなると、また千円札を出す。コーラ一本で粘る客もいるし、何度も千円札を崩す客もいた。だが、一体に外国人客は細かい金の使いかたをした。日本人客のほうが、はるかに大まかで気前が良かった。だが、ベトナムで戦争が始まってからは、金遣いの荒い外人も増えてきたようだ。そして、飲んで荒れる連中も多くなった。

その晩は、宵《よい》の口に二度ほど小さなこぜりあいがあった。フィリッピンの船員と、地元の組の若い衆が、連れの女の事でもめたのだ。何かいやな予感がする晩だった。外は雨だったし、客は馬鹿にたて込んでいた。そして、へんに静かな感じだった。オープンしてから、まだ一度もピアノを弾く客がいない。音楽のない店の混みかたは、乾いて、どこかとげとげしい感じがする。

「健ちゃんでも早くこないかしら」

と姉の由紀が呟くように言った。彼女も何か、いら立っているらしい。マイクは奥のテーブルで、ポーカーをやっている。かなり負けがこんでいる様子だ。

騒ぎが起ったのは十二時を少し回った頃だった。

カウンターの端に坐ってジンのストレートをやっていた客が、少年の姉に悪いいたずらをした。彼女がうしろを向いて洋酒棚に手を伸ばした時、ワンピースの背中のファスナーを、いきなり腰の辺までシュッと引きおろしたのだ。

叫び声をあげて由紀が振り返った。そのはずみに棚の洋酒のびんが、激しい音を立てて床に落ちた。

「何をするの！」

と彼女が言った。目がつり上って、顔が蒼ざめている。胸もとを広く開けた服がはだけて、黒い下着が見えた。相手の客が太い声で笑った。

「ぜんぶ脱がせてやろうか？　え？」

とその男は言った。黄色いポロシャツを着て、腕に金色の鎖を巻いている。髪の黒い、目のくぼんだ、毛深い白人の男だ。シャツの胸もとから、じゅうたんのように密生した剛毛が見えた。たくましい手が思いがけない素早さで伸びると、由紀の二の腕をギュッと摑んで引き寄せる。

「よせ！」

と少年が言った。

「すっかり脱がしてやろうか？　え？」

カウンターの外の客たちは知らん顔をしていた。だが、どいつも一騒動もち上るのを舌なめずりして待ち構えている顔つきだ。

その時、鈍い重い音がして、由紀の腕を摑んでいた男の体が、ぐらりと揺れた。そいつのうしろに、姉の男のマイクがビールびんを逆手に持って立っていた。彼は自分が殴った相手が椅子から転がり落ちもせず、女の腕から手もはなさないのを見て、恐怖に駆られた表情で立ちすくんでいた。

「あんたは誰かね」

と、カウンターの男が、ゆっくり立ちあがって言った。その物静かなききかたが、ひどく無気味で、少年はぞっとした。男は続けた。

「おれはジョンソン基地のハーマンだが」

「ハーマン！」

「蜘蛛《スパイダー》のハーマンだ」

カウンターの客たちが、不意にざわめいた。彼らはそっと椅子から滑《すべ》り降り、後ずさりしながら壁際へ散って行った。

スパイダー・ハーマンの名は、少年も知っていた。イタリア系の米国プロ・ボクサーで、ミドル級の世界ランキングに入った事もある男だ。ある事件で拳闘界を追放された後、軍隊にはいり、日本へやってきた。その女郎蜘蛛《ぐも》のように長い、毛だらけの手脚は、わずか三年間のリング生活の間に二人の選手の命を奪っている。ジョンソン基地のハーマン、と兵隊たちは呼んでいた。残忍で、執拗で、怒れば怒るほど冷静になる男だという。満期になっても軍隊を去らず、職業軍人になってとどまっていた。

「痛いわ。手を放してよ！」

と由紀が泣き声をあげた。

「女を放せ」

とマイクが叫んだ。

「いやだと言ったら?」

マイクは真蒼になって、唇をピクピク震わせた。

「どうするね。色男」

蜘蛛《スパイダー》のハーマンが静かな口調できいた。さっきより、もっと優しい声だった。

マイクの左手がカウンターのビールびんを摑んだ。彼は両手に握った二本の空びんを素早く叩き合わせた。鋭いびんの割れる音がした。マイクは、ギザギザのガラスの歯をむきだしにした割れたビールびんを両手に構え、腰を落として相手をうかがった。

「よし」

と、蜘蛛《スパイダー》のハーマンが呟いた。彼は女の腕を突き返すように放して、カウンターをはなれる。

「こい、色男」

ハーマンは少し首を傾けて、無造作に通路に立っていた。マイクは大きく肩で息をしていた。ハーマンが少し前へ出ると、彼はよろめくように一歩後退する。

「やめて！」

由紀が叫んだ。「誰かとめて！」

誰も何とも言わない。皆わくわくしながら成行きを見守っているだけだ。マイクの手から、ビールびんが床に落ちた。がっくりと床に膝をついて、

「かんべんしてくれ」

と、呻く。

「それは無理だろうな」

ハーマンが、囁くように言った。「お前は許せないぜ」

ハーマンが一歩前へ出た。マイクが、はうように後ずさりする。うしろは壁だ。もう退れない。店の中が、凍《い》てついたように静かになった。今からはじまる私刑《リンチ》の光景を、客たちは期待に震えながら待っている。

蜘蛛《スパイダー》のハーマンが、白い歯を見せて微笑した。目だけは冷く相手を見すえたままだ。

皆が息をのんだ。その時、ドアを開けて一人の客がはいってきた。そいつは馬鹿に大きな黒人だった。その場の情況に全く気づかないような足どりで、ゆっくりカウン

ターの所へやってくる。

「やあ、ジュンイチ。ここがあんたの店かね」

少年の目が、驚きで大きくなった。

「そうだよ。野牛《バッファロー》のジョニーさ」

「ジョニー！」

「バッファローだと？」

とハーマンが振り返って唸《うな》った。

「やあ、スパイダー」

と、ジョニーは、そっちを振り向きもせずに言った。「なんでそんな所に突っ立ってるんだ。ひさしぶりに一緒にやろうぜ」

「後でな」

「今でもいいじゃないか」

「いや。この色男をたっぷり可愛がってやってからにするよ」

「勝手にやってくれ」

とジョニーは言った。「その代り、おれも勝手にやらせてもらうぜ」

ジョニーは少年にちょっと片手をあげると、奥のピアノの所へ行った。そして、何とも無造作に〈レフト・アローン〉を弾きだした。

少年は息を止めて、その音に耳をすました。あの旧式のピアノが、こんな音を出すとは――。低音は重いハンマーで叩くように、高音は猫の足が歩くように、音と音が絡《から》みあいもつれあって、ピアノが全身を震わせて歌ってるような感じだ。それはひとことで言って、素晴らしい演奏だった。ビリー・ホリディのあの哀しさと明るさを、彼のピアノはくっきりと再現していた。

「やめろ、ジョニー」

と蜘蛛《スパイダー》のハーマンが言った。「おれは、お前のピアノが嫌いなんだ。やめろ」

だが、ジョニーは弾き続けた。壁際にいた客たちが一人、二人とカウンターに帰ってきた。テーブルの客たちも、もう誰も蜘蛛《スパイダー》のハーマンのほうを見ていなかった。

彼らは皆、遠くを見るような目つきでジョニーのピアノに聞き入っていた。蜘蛛《スパイダー》のハーマンは何だか間が悪そうにもじもじし、やがてカウンターにもどって、ジンをくれ、と由紀に言った。小屋に灯がともるように音楽が始った〈ピアノ・バー〉は、さっきと打って変って、なごやかな温かい気分に包まれていた。

もう誰も荒っぽい大声を出さなかった。ジョニーのピアノの音は、新鮮な血液のように客たちの間に流れていた。

少年はその晩、ジョニーについて、二つの事を知った。一つは、彼が天才ボクサーと言われながらも、途中でジャズメンに転向したミュージシャンであること。もう一つは、彼が蜘蛛《スパイダー》のハーマンを、KOで破ったただ一人のボクサーであった事である。その晩からジョニーは〈ピアノ・バー〉の常連の一人になったのだった。

## 4

少年の姉の由紀は、ジョニーの事を、黒牛と呼んでいた。黒人に偏見を持っているわけではなかったが、何故か虫が好かないらしかった。

由紀は、目鼻立ちのはっきりした、どちらかといえばエキゾチックな美人だった。少年は幼稚園の頃から、姉の事をひそかに誇らしげに思っていた。だが、最近では、姉は姉、自分は自分、と、かなり突っ放して考える事ができるようになってきていた。

トランペットをやり始めてからは、姉の男たちに嫉妬する事もなくなった。今の男のマイクだって、軽蔑しているだけで、どうという事はない。ただ、これまでになく姉がマイクにおぼれている事だけは感じていた。由紀は自分より年下の美青年に、絶えず金を渡していた。その金でマイクは外《ほか》の女と遊んだりする。由紀はその事で、絶えずマイクともめていた。店に目のふちを真黒にして出てくる事もしょっ中だ。ベース弾きの健ちゃんの所へ時どきぐちをこぼしに行くらしいが、結局はマイクと別れる事ができないでいるのだった。

少年はジョニーが店にくると、健ちゃんに電話をかけた。ダンス・ホールがはねて、健ちゃんがやってくると、それからはジャズの時間だった。客たちが帰っても、ずっと朝がたまで夢中でやっている。〈ピアノ・バー・トリオ〉と少年は名前を決めていた。

演奏に疲れると、ジョニーと健ちゃんと少年の三人で、勝手なお喋りをする。もっぱら話題はジャズの事だった。

「音楽は人間だ」

とジョニーはいつも同じ事を言った。「わたしが駄目な人間になる。すると音楽も駄目になる。わたしが高まると、演奏も高まってくる。そりゃあ怖いみたいなもんだ。音楽はごまかせない。人間の内面を映す鏡みたいなもんさ」

「そうは思わないね」

健ちゃんはジョニーの意見に反対だった。「そんな事を言ってりゃ、おれなんざ全くジャズをやる資格なんぞ、ありゃしないって事になる」

「あんたは良い人だよ。だから下手だけど暖かいベースが弾けるのさ」

「よしてくれよ。おれは出来そこないの、ぐうたらバンドマンさ」

「自分を卑下する事で、自分の演奏までいやしめてはいけない」

とジョニーは怖い顔で言う。「あんたは良い人間なんだ。それはあんたのベースが証明してる。ごまかしちゃいかん」

「ジョニー。あんた、おれの姉の由紀に惚《ほ》れてるだろう」

と、少年は言った。「あんたのピアノはそう言ってるぜ。音楽はごまかせないもんだよ」

ジョニーは肩をすくめて苦笑した。

「彼女は素晴らしい人だ」

とジョニーは小さな声で呟いた。

「そうでもないさ」

と少年は言う。「さて、じゃあ、もういっちょうやるか」

ジョニーは、とても素晴らしいピアニストだった。だが、ミュージシャンである以上に、大したジャズ学者だった。健ちゃんと少年は、ジョニーから、さまざまなジャズの考えかた、つまりジャズの思想といったようなものを教えられたのだった。

その年の夏の終りに、ジョニーは突然、どこかへ出発した。ベトナムへ行ったのさ、と健ちゃんが言っていた。

彼が現れなくなってしばらくして、かなりのまとまった金が〈ピアノ・バー〉気付けで送られてきた。ジョニーからだった。この金で新しいピアノを買っておいてくれ、という手紙がそえられていた。もし無事に帰っていけたら、そのピアノで健ちゃんたちと夜通しジャズをやろう、とも書いてあった。

だが、その金でピアノを買うことは出来なかった。少年の姉が、マイクのポーカーの借金を払うために無断でそれを流用したからだ。

「どうせ帰ってきはしないわよ」

と由紀は言った。「ベトナムじゃ、黒人兵を先頭に立てて戦争してるって噂だから」

少年が姉を殴《なぐ》ったのは、その時がはじめてだった。彼は姉が気を失うまで本気で殴った。そばにいた健ちゃんや、マイクも手が出せないほどの、凄まじい殴りようで、彼女は後で幾針か目尻を縫ったほどの激しさだった。だが傷ついたのは、むしろ少年のほうだった。彼はその時から、本当の一人になったような気がしたのだ。

彼は少しずつ無口になり、体も大きくなって、顔にひげも生えてきた。昔のように、深夜、トランペットの練習に海岸へ行くこともなくなった。ジャズよりも、彼は店の経営に熱中しているように見えた。〈ピアノ・バー〉は、以前よりも売上げが増え、店内の造作も少しずつ格好がついてきた。だが、ピアノだけは、相変らず以前のままで、最近では余り弾く客もいなくなっていた。音楽よりも、酒を飲むためにくる客が増えてきたようだった。兵隊たちは、皆、不安をまぎらすために飲むような飲みかたをした。船員たちの金遣いも荒くなっていた。この港町の酒場にも、戦争の影響は少しずつ現れてきているらしかった。蜘蛛《スパイダー》のハーマンが、戦死したというニュースを聞いたのは秋の終り頃だった。

5

少年の姉の由紀がドアを開けてはいってきた。マイクが跳ねるように近づいて行って、何か囁く。由紀の表情が固くなった。

「まあ、ジョニー!」

彼女は精一杯の笑顔を作って近づいてきた。

「かえってきたのね。よかったわ」

少年は気が気ではない。ジョニーは相変らずの古ピアノを見て何にも言わなかったが、心が痛んだ。後で訳を話して謝るつもりだったのに。

「ジョニー。怪我はなかったの？」

どこから出るかと思われるような優しい声だ。つまらない事を言いださなければいいが。

「ありがとう。だが——」

「どうかしたの？」

「ああ。ひどいもんだよ」

「ピアノの話なんだけど——」

「ああ、あれはいいんだ。もし死んでしまえば必要がないんで送ったまでさ。どう使ってくれてもよかったんだよ」

「ありがとう」

「ジョニー」

と少年が呼びかけた。「かんべんしてくれ。そのうち、きっと新しいのを入れるから」

「気にするなよ」

とジョニーは手を振った。「わたしにはもうピアノなんか必要ないんだ」

「必要がないって？」

「そうだ。もう弾けなくなってしまったのさ」

「指でもやられたのかい？」

と少年がきいた。ジョニーは無言で顔を振った。

「そうじゃない」

「じゃ、どうしたんだ」

「さっき言っただろう。わたしは変ってしまったのさ。人間が駄目になっちまったんだよ」

「ジョニー、ゆっくりしていってね」

少年の姉はマイクと連れ立って外へ出て行った。ジョニーの目がちらと光ったような気がした。

「あの男、相変らずかね？」

「そうだろ」

と少年は言った。「おれには関係のない事さ」

「そうかな」

不意にジョニーがむずかしい顔になった。ひどく深刻な顔だった。彼のこんな表情を少年はこれまで見た事がなかった。

「マイクがどうかしたのかい？」

「うむ」

ジョニーは腕組みして呟くように言った。「ユキさんは、あの男と別れたほうがいいようだ」

そんなセリフをジョニーが吐いたのは、これがはじめてだった。由紀に惚れてはいたが、一言も口には出さなかったし、彼女の事についてとやかく言ったりする事など一度もなかったのだ。

「ちょっと出てくる」

とジョニーは立ち上って言った。「夜にまたくるよ」

「どうしたんだ、ジョニー。これから二人でゆっくり話でもしようと思ってたのに」

「後で」

とジョニーは手を振って出て行った。そのうしろ姿に、昔のジョニーになかった兵隊臭さのようなものを、少年は感じた。

店は四時頃からぼつぼつ客がやってきた。姉の由紀は夜八時過ぎにマイクと一緒に帰ってきた。どこで飲んだのか、少し赤い顔をして、ふらふらしながら現れた。

「ごめんなさい、淳《じゅん》ちゃん」

「仕事にならねえな」

と少年は不機嫌な声で言った。「ジョニーがきたら、おれと交替してもらうよ」

「いいわ。まかせてちょうだい」

ジョニーは、おそくやってきた。十時過ぎで、客は五、六人といった時分だ。

「どこへ行ってたんだい、ジョニー」

「いや、ちょっと」

彼がこんな具合にあいまいな物の言いかたをする事はめずらしい。どうしたんだろう、と少年は思った。やっぱり、どこか変ったんだろうか？

少年は健ちゃんに電話をかけた。健ちゃんは、ひどく喜んで、十一時半にホールを終えたら、すぐ駆けつける、と言う。

ジョニーにそれを伝えると、彼はひどく悲しそうな顔をした。やっぱり変だ。

ジョニーは奥のテーブルで一人でビールの小びんを前に、ぼんやり坐っていた。天井を見つめたまま、まばたきもしない。

十二時頃、健ちゃんがやってきた。ベースのケースを抱くようにかかえて、息せき切って駆けつけたといった恰好だ。

「ジョニーは？」

「むこうにいるよ」

健ちゃんは顔をくしゃくしゃにしてすっ飛んで行った。少年は姉と代ってカウンターを出る。

「ジョニー！」

「やあ」

二人が握手するのを見ていると、少年はジンと胸が熱くなった。

「やろうぜ」

と健ちゃんが言う。「挨拶《あいさつ》がわりに駆けつけ三曲と行こうじゃないか」

「いいね」

と少年が言った。ジョニーを元気づけるには、それが一番だ。きっと、随分長い間、音楽から離れていたんで、それでジョニーは元気がないんだ。まず、一曲。それで何もかも昔通りになるだろう。

少年はトランペットのケースを洋酒棚からおろし、楽器を取り出した。

「ひさしぶりね、淳ちゃん」

と、由紀が言った。少年は姉に微笑を返した。その時、少年は姉との間に一瞬間だけ、暖かいものが流れたのを感じた。

健ちゃんがベースをピアノの横に持ってきた。ジョニーはまだ奥の椅子に坐ったままだ。

「さあ、ジョニー」

と健ちゃんが声をかける。トランペットのバルブをカタカタいわせながら、少年は何度も唇を手でこすった。

「やろうぜ、ジョニー」

ジョニーはどうしたのか、一向に立ちあがらなかった。いつもなら、目と目が合っただけでニヤリと笑ってピアノに向かうのだが。

「ジュンイチ。わたしは駄目なんだよ」

「どうした、ジョニー」

と健ちゃんが、ボ、ボン、ボン、とベースを鳴らす。

「わけがあるなら聞かせてくれ。友達だろ」

と少年がジョニーの肩に手をおいて言った。

「よし」

ジョニーがやっと立ちあがって、ピアノの前に坐った。「口で言うより、こいつを聞いてもらえばわかる。わたしが独りで弾くよ。二人で聞いてくれ」

少年は健ちゃんと顔を見合わせた。独りで弾くって？

二人が何か言おうとした時には、もうピアノが鳴っていた。古い、あまり聞かないブルースのメロディー。

それは素晴らしいブルースだった。少年はその時はじめて本当のブルースを聞いたような気がした。ピアノが息づいて、人間のように呻いたり、嘆息したりするのを、少年は目をつぶって聞いていた。

ジョニーの弾きかたを、どうこう言うことはなかった。彼は全身で呻いていた。彼のコードは肉声のようで、彼のタッチは震える心臓の鼓動そのものだった。

カウンターで飲んでいた若い兵隊さんが、みんなしゅんとなって頭をたれているのを、ぼんやりと眺めていた。姉の由紀はむこう向きになって、洋酒棚に額を押し当てたまま動かない。健ちゃんは、ベースにすがりつくような恰好で、目を閉じている。

ジョニーが弾き終えても、誰も手をたたく者はいなかった。皆が黙り込んでいるのが、それ以上のものを示していた。

「わかったかね、ジュンイチ」

とジョニーが言った。「どうだった、今の演奏は？」

少年は大きな溜め息を一つついて言った。

「最高だ。何も言うことないよ。何か言うと嘘になる。素晴らしいブルースだったよ」

「なんだって？」

ジョニーの顔が、判らないと言った風に少年や、健ちゃんや、客たちを眺めた。

「本当の事を言うんだ。これは大事なことなんだよ」

「おれはジャズをやるのがいやになった。あんたのピアノが、あんまり良かったんで――」

と健ちゃんが横から言った。「実際、凄いブルースだったよ」

「そんな馬鹿な！」

とジョニーが叫んだ。

「そんな馬鹿な。今のわたしの演奏は、薄汚くって、通俗的で、まるっきり音楽になってなかったはずだ。そうだろ、え？　何も気を使ってくれなくってもいいんだよ」

「良い演奏だった。おれはあんたが昔言ってた事がようやく判ったような気がする。ジャズは人間だって事が」

「よせ！」

　とジョニーは言った。彼の顔は幽霊でも見たかのように醜く歪《ゆが》んでいた。恐怖にひきつっているようにも感じられた。

「嘘だ。わたしに良い音楽がやれるはずがない！」

「だって本当だったぜ」

「嘘だと言ってくれ」

　と、ジョニーはかすれた声で言った。彼の額には汗の玉がびっしり浮びあがっていた。

　嘘はつけないよ、と少年は断固として言った。

「ジャズのことで嘘はつけない。あんたのプレイは最高だった」

　ジョニーは床に崩れるように坐りこんだ。そしてそのまま、長い間、頭を抱えてうずくまっていた。彼の肩が激しく震えて、ジョニーが泣いている事が判った。

「どうしたんだ、ジョニー」

　と健ちゃんが言った。

「わたしは信じるものがなくなった――」

　とジョニーが顔をあげて呟いた。涙で顔がぐしょぐしょになっていた。

「わたしはジャズさえも信じられなくなってしまったんだ」

それから、ジョニーは少年をみつめ、まるで違う人間のようなかすれた声で喋りだした。

「ジャズは人間だ。良い人間だけが、他人を感動させるピアノを弾ける。ジャズは正直だ。人間が駄目になった時、演奏も駄目になる。わたしは、だからジャズを信じていたんだ。人間、なにか信じるものがなくては生きてゆけるものじゃないからな」

ジョニーの声は、いっそう空《うつ》ろになり、地の底から響くような調子が加わった。

「わたしは半年以上も戦争をやってきた。そこでわたしは駄目になった。駄目にならなければ、戦争なんかやれない。罪のない人間を殺せない奴は、生きて帰れない。わたしは自分が信じられない人間になった事を知っている。だがジャズだけは、まだ信じていた。今のわたしがピアノを弾けば、昔のような音はでない。汚れた卑劣な人間が、どうして人を感動させるジャズがやれるだろう。わたしがどんなに一生懸命に弾いても、それは汚い醜いブルースになるはずだった」

少年は、ジョニーが考えている事が、少し判ったような気がした。

「だけど、もし今のわたしのピアノが他人を感動させる良い演奏だったとしたら、わたしはもうジャズさえも信じられないことになる。汚い駄目な人間でも、素晴らしいジャズが弾けるなら、ジャズとはいったい何だ！　それは、ただのテクニックだけの遊びじゃないか。戦争に行って、わたしは人間を信じられなくなった。そして今、残された最後のもの、ジャズさえも信じられなくなってしまったんだ。そうなんだ。わたしはいったい、どこへいけばいい、え？」

少年はジョニーの顔がまともに見られなくて、もじもじしていた。ジョニーの言う事が判るようでもあり、そうでないようにも思われた。

その時、ジョニーが、ニヤリと笑って立ちあがった。なぜか無気味な笑いだった。ジョニーの手が、洋服の胸もとを探ると、冷く光った軍用拳銃を引きだした。少年の姉が悲鳴をあげる。ジョニーは撃鉄をあげると、まったく無造作に拳銃をピアノの横腹に向け、引金を引いた。続けて二発。それからまた二発。ピアノ線のはじける鋭い音が聞え、硝煙と火薬の匂いが店の中にたちこめた。

「ジョニー！」

と少年は叫んだ。「落着くんだ、ジョニー」

「落着いてるよ」

とジョニーは言い、拳銃をベルトに差し込んだ。「まだ二発残っている」

それからジョニーは、少年と健ちゃんにうなずき、少年の姉の方を、屠殺場へ行く黒牛のような哀しい目で見ると、ゆっくりした足どりで、店を出ていった。

「ジョニー！　待ってくれ！」

少年が彼を追いかけて、外へ出た時、ジョニーを乗せたタクシーが、タイヤをきしませて街の方へ走り去った。


その晩、店を閉めたのは二時過ぎだった。少年は姉と別れて、トランペットのケースをさげ、海ぞいの道を歩いて行った。独りっきりでトランペットを吹きに行くつもりだった。ジョニーのことや、ジャズのこと、姉のことや、人生のこと、そのほか色々なことをあの石の階段で独りで考えてみるつもりだった。

〈ジョニーは一体、戦場で何をやったと言うんだろう？〉

と少年は考え、首をふって考えるのをやめた。

港には、今夜は船の灯も見えず、黒い海が無気味に闇の中にひろがっている。

公園と海とにはさまれた遊歩道の中ほどまでくると、例の階段の上に誰かが立っていた。少年の足音に、その影が振り返った。

「やあ《ハーイ》、ジュンイチ」

「ジョニー！　あんた、こんな所にいたのか」

と少年は叫んだ。「どうしたのかと思って心配していたよ」

「すまなかったな」

とジョニーは静かな低音《バス》で言った。

「ここで何をしてたんだい」

「海を見ていたのさ」

「会えて良かった」

と少年は呟いた。それからジョニーと並んで、黒い静かな海面を見おろした。最初、ジョニーに会った晩の事が思い出された。あの時は、もっと風が冷かったのだ。

「ジョニー」

「なんだい」

「あんたはジャズはもうやめるつもりかい？」

「ああ」

「おれは、どうしよう」

「それは君が自分で考える事だ」

ジョニーの声には、あの晩の、教師のような、ちょっと厳《おご》そかな響きがあった。

「自分で生きてみて考える事だ。わたしがジャズを捨てたからといって、君が真似をする必要はないさ」

　少年はうなずいた。そして、しばらくしてきいた。

「ジョニー、あんたはまた戦争に行くんだね」

「さあ、どうかな？」

「なぜ」

「これから先の事は、わたし自身にも判らないのさ」

　そこで少年は、気にかかっていた事をたずねた。

「拳銃はまだ持っているのかい？」

「うん」

「弾が残っているって言ってたな。おれはあんたが、自分の頭にぶちこむんじゃないかと思って、気になってたんだ」

「心配する事はないさ。弾はもう残ってないよ」

　ジョニーは冷静な声で言った。「君の姉さんの男は、なんと言ったかな」

「マイクの事かい？」

「そうだ。残った弾は、そのマイクとか言う若い男の頭の中にぶちこんでやったよ」

　少年は息をのんでジョニーの腕をつかんだ。

　ジョニーは生《き》真面目な口調で続けて、「あの男の事が気になったんで、今日の午後ずっと調べて回ったんだ。あいつは、ヘロインや、大麻を扱う商売に首を突っ込んでたぜ」

「マイクが！」

「そうだ。それに姉さんも巻きこまれかかっていたらしい。わたしは、彼女をそんな奴等の仲間にしたくなかったんだ。彼女は良い人だからな。こうするより、仕方がなかったのさ」

　二人は黙って向き合って立っていた。ジョニーが煙草を出して、火をつけた。

　闇の中に白い煙が流れた。

「ジュンイチ。君はいくつになる？」

「もうすぐ十九だよ」

「おれはベトナムで、君くらいの年頃の連中を何人も殺したよ」

　波のひたひたという音がはっきり聞えた。

　ジュンイチは黙ってその音を聞いていた。

　ジョニーが、煙草を海に投げた。それは、黒い水面に、赤い弧を描いて落ちていった。

海からの風は重く、強い潮の臭いがした。暗い空に旅客機の標識灯が、ゆっくり動いている。

「さあ、ジュンイチ。君は帰りたまえ。姉さんには君が必要だろうぜ」

「あんたは?」

「もうしばらくここにいるよ」

「じゃ……」

「うむ」

少年はジョニーの冷い手を握って、かすかにしゃくりあげた。しょっぱい涙の味が鼻から抜けてきた。ジョニーは逮捕されるのだろうか、と少年は考え、いや、戦争へ行くのだと思った。いったい、その戦場で、ジョニーは何をしたというのだろう?考えてみるのが怖い気がした。彼はそれからうしろを向いて歩き出した。遊歩道の端まで来て、振り返った時、鈍い銃声が海にこだました。そして少年は、ジョニーの黒い影が岸壁から宙に浮き、ゆっくりと石のように黒い海面に吸い込まれて行くのを見た。

# 素敵な脅迫者の肖像

# 1

四角な部屋のまん中に、アナウンサーは独りぼっちで坐っていた。二重扉と、厚いガラスにさえぎられて、いま彼は一本のコードで外界とつながっているだけだった。淡い蛍光灯の光の中で、金属のマイクを前に坐っている男の姿は、そのラジオ局の花形アナというより、とじこめられている一匹の猿に似ていた。

左手をレシーバーにあてがい、右手の赤鉛筆で原稿をチェックしながら、彼は不安そうに読み返した。

「しんしょうコレラの集団発生の例は――」と彼は読んだ。「第一次世界大戦中に」

「へたくそめ」

と、私は唸《うな》った。スイッチを押し、スタジオの中へ声が通るようにしておいて、私は頼んだ。

「真せいコレラ、と読んでほしいんですが」

「真せいコレラ」

と、アナウンサーは大げさなアクセントをつけて読み直した。「真性コレラの集団発生の例は――」

「よろしく」

と、私は言ってスイッチを切った。

「この次にはよう」

と、テープをセットしながら録音技師《ミキサー》が笑った。「古今亭《ここんてい》しんせいって読むぜ、あの野郎」

「テープの送り出しは、俺がやるのかね」

と、私は彼にきいた。いま調整室にいるのは、ミキサーと私と二人きりで、どちらかが忙しい目にあわなければならないのだ。

「おれがやろう」

彼は煙草の火をもみ消すと、ポケットの中へしまい込みながら言った。「さて、と」

私はストップ・ウォッチを取り出して、金属板の上においた。スタジオからの声が、きこえなくなった。ミキサーは両足をひろげて、いつでもテープの方へ飛びつける姿勢で計器盤をみつめた。

アナウンサーは片目で原稿を、もう一方の目でガラス越しに私の手の動きをうかがっている。

あたりの空気が冷くなった。私は、こめかみに脈うっている自分の血管の音を聞いた。

録音が始まる直前の、こんな気分が私は好きだった。いま、この瞬間だけは、ひねくれ者のミキサーも、スター気どりのアナウンサーも、まるで兄弟みたいに思えてくる。

私は宣誓をする大統領のように、右手をあげた。アナウンサーが素早くうなずいた。ミキサーが体を乗り出して、録音用のテープのボタンを押そうとした。

その時、見知らぬ男がドアを開けてはいってきたのだった。

局の人間でもなかったし、代理店関係の男でもなさそうだ。茶色のサングラスをかけた、背の高い男だった。

ミキサーが振り返って、咎《とが》めるような目でみつめたが、その男は平気だった。

「やあ」

と、彼は私に手をあげた。「あなたが北沢《きたざわ》さんですね」

私は黙っていた。番組録音の際には、いろんな人間がスタジオに出入りする。それはしかたがない。中には得体の知れない人種もいたが、そんなのに一々かまっているひまはなかった。得体の知れない人間たちが、得体の知れない仕事をしているのが、放送の世界だ。静かにして、隅の方にじっとしていてくれる限り、人殺しでもコールガールでも一向にさしつかえない。いや、人殺しや、コールガールも、時には実際に顔を出しているかも知れなかった。

「本番」

と、私はその男にもきこえるように怒鳴った。「行きます」

クレジットの音がはいった。ミキサーの手が別のテープのボタンを押した。計器の針がはね上って、テーマのドラムの効果音が出てきた。その音はすぐに自動車のタイヤのスリップする音にだぶり、激しい悲鳴と、ガラスの割れる音が続いた。そして、大勢の人間の話し声がきこえて次第に高まり、計器の針がひっくり返りそうに震えて、ぴたりと音がやんだ。十五秒。

私の右手が、ナイフを投げるように動いて合図《キュー》を送った。

アナウンサーが読んだ。

「マイク・ドキュメント。現代の表情・第二十四回。交通戦争と子供たち」

良いタイミングでテーマのしっぽが出てきた。ミキサーが音をしぼった。私は再び合図《キュー》を出す。テーマに重なって、コマーシャルなしの前枠《わく》が二十秒つづく。

アナウンサーが読み出した。彼は唇をなめながら、素早く原稿をめくっている。ひきしまった横顔が、とても魅力的に見えた。

アナウンサーの声に代って、子供の声が出てきた。そして、またアナウンサーの声。

録音構成番組の制作は、万事快調にすすんでいた。ミキサーがアクロバットを演じ、テープが回り、私はガラス越しに合図《キュー》を投げ続けた。良質のウイスキーでもなめたような高揚した気分で、私は自分のうしろに黙って立っている見知らぬ男の事など、すっかり忘れてしまっていた。

しばらくして録音が終った。

私は指でＯＫの合図をスタジオの中へ送って、うなずいた。ミキサーは大儀そうに席を立ち、役目を終えたテープを逆回転させた。彼は再びもとの、ひがみっぽい中年男にもどり、アナウンサーはオーデコロンの匂う軽薄な青年に返った。私は――、私も同じことだろう。ラジオのプロデューサーが生き生きと男らしく見えるのは、録音の最中だけに違いない。ふだんは残業に疲れた、サラリーマンがいるだけだ。熱っぽい疲労感が、左足指のウオノメから全身にひろがってくる。

私は疲れていた。熱いコーヒーが飲みたいと思った。取材に五日。そして昨夜は、局の連中が独房と呼んでいる一メートル四方のテープ編集室で徹夜で働いている。

スタジオから出てきたアナウンサーが、私に軽く頭をさげて廊下へ消えた。

「おつかれさん」

と、私は言った。開いたドアから、放送中のナイター実況がきこえてきた。私はテープを確認して、ケースにおさめた。

「おい、あんた」

うしろでミキサーの声がした。彼が呼びかけたのは、私ではなかった。ミキサーは右手にねじ回し《ドライバー》を握って、壁の方を向いている。そこには、さっきの色眼鏡《いろめがね》をかけた見知らぬ男が立っていた。

「ちょっとうかがいますがね」

と、ミキサーは指先でねじ回しをもてあそびながら低い声で言った。「そこんとこに落ちている煙草の吸いがらは、あんたのじゃないのかね」

「ああ」

と、壁ぎわの男が言った。「拾えって言うわけか」

ミキサーは、黙って壁にはりつけてある紙の方へ顎《あご》をしゃくった。

〈煙草の灰、スコッチテープのくずなどを床に散らさぬこと・官理責任者〉

「あれは、おれが書いたんだ」

と、ミキサーは男をみつめた。

「なるほど」

と、男が色眼鏡の下で笑ったようだった。「管理の、カンの字が違ってるみたいだぜ」

「ちょっと下までこい」

と、ミキサーが上ずった声を出した。「おれは責任者だ。スポンサーだか、代理店だかしらないが、スタジオを汚しといてでかい顔をするんじゃないぜ。外へ出ろ」

「技術さん」

と、私が割って入ってミキサーの肩を抱いた。「おれにまかせてくれ」

ミキサーは一応ごねて見せたが、捨てぜりふを浴びせて出て行った。技術屋だけあってタイミングという奴を心得た男だ。誰にでもすぐ突っかかるくせに、本当は気が小さい中年男だった。あの位が精一杯だ。今ごろはトイレで心臓を押えて、ほっとしている所にちがいない。

私は体をかがめて、男の足もとの吸いがらを拾った。それを灰皿に投げこんで言った。

「吸いがらなんかどうでもいいが、仕事中にスタッフともめるのはやめてもらおう。

それでなくとも、みんな疲れて気が立ってるんだ」

「済まなかった」

と、その男は案外素直な口調で言った。「べつに悪気があってもめたわけじゃないんですがね」

「何か用かい、おれに」

「ええ、仕事のことで少し話したいことが」

その時、他のチームの連中がテープを抱えてどやどやと入ってきた。

「もうよろしいでしょうか」

と、若いプロデューサーが丁重にきいた。

「いいとも。いま終った所だ」

私はテープを脇に抱えて、色眼鏡の男をうながした。

「今から晩飯を食いに出るんだ。もし大事な用件なら一緒にきてくれてもいい」

「そうさせてもらえば有難いですな」

私は若いプロデューサーに手をあげて部屋を出た。

「おつかれさま」

「おつかれさん」

と、私は答え、見知らぬ男と並んで階段を降りて行った。

## 2

私たちは〈ブイ〉にはいった。局にちかい小さなレストランで、おでんもあれば、ブイヤベースもできる変な店だ。何でもある。ただ、テレビだけがなかった。

私を見つけて、コックが軽く頭をさげた。帝国ホテルのチキンライスより、この店の方が旨《うま》いと私は彼に一度言った事がある。

私がQ放送ラジオに勤務して間もなくの頃だから、もう五年も前の話だ。それ以来、一度も口をきいた事はないが、彼の方ではいつも私を見ると軽く頭を下げるのだった。男同士のつきあいという奴は、この程度が一番いい。こんな世界では、どうせ親友など出来っこないし、親しくなればなるほど気分が重くなってくる。

カウンターの一番端に坐り、私は野菜スープと五目スパゲッティをたのんだ。隣に坐った色眼鏡の男も、同じものを注文した。五目スパゲッティは、エビとハムとグリンピースとシイタケがはいっていて、紅ショウガの薄切りがそえてある国籍不明の料理だ。

注文をすますと、私は煙草に火をつけ、あらためて今夜の自分の連れを、じっくり観察した。

二十七、八歳にも見えたし、また四十歳過ぎにも思われる。ちょっと年齢の見当がつかない感じだ。金属質の光沢をおびた生地で仕立てた、カルダン調の紺の背広に、幅広のタイを結んでいる。靴から髪型まで、なかなか悪くない趣味だった。大柄ではなかったが、贅肉《ぜいにく》のない均斉のとれた体つきだ。削《そ》げた頰のあたりに、一種独特の知的な翳《かげ》りさえ漂わせている。

「いったいどんな話かね」

と、私はコップの水をあおってきいた。

「おれはあんたを知らないし、仕事の話だけじゃ見当がつかんな」

「そうでしょうね」

その男は、うなずいて胸のポケットから一枚の名刺を取り出した。

「マスコミ企画研究所、西条次郎《さいじょうじろう》――」

と、私は呟《つぶや》き、相手の顔を見た。「用件をうかがおうか」

「あなたの番組のことですが」

「取材かね？」

そうではない、と西条と名乗った男は首を振った。

「あなたが現在やっておられる録音構成番組、あれはスポンサーなしでやっておられるそうですね」

「うむ。最初は提供会社があったんだがね。今は自前《サス》でやってるんだ。それが、どうかしたのかい？」

「あの番組は、あなたが企画を立てて、ずっと担当してこられたと聞いてますけど」

「ああ」

もう三年になる。最初はちゃんとしたスポンサーがついていたのだが、番組の評判が良くなるにつれて営業的にうまくなくなってきたのだった。Q放送ラジオの良心番組などとジャーナリズムで受けても、売れなければしかたがない。この一年ほどは、スポンサーなしでやっている。露骨にお荷物扱いをする連中も、なかにはいた。だが、私はこの番組にしがみついてやってきたのだった。サスに変ってから、途中で何度となく打切りの話も出た。それを、五年前に同期に入社した営業部係長の江田《えだ》が口ぞえしてくれて、今までもってきたのだ。

「私の番組がどうかしたのかね」

「近いうちに失くなるそうです」

私は相手が何と言ったか、確めるように首をかしげた。

「なんだって？」

「あなたの番組は今月一杯で打切りになります。後には新形式のディスク・ジョッキーがはいるそうですよ」

「そんな馬鹿な」

と、私は出来るだけ平静な調子で言った。

「だいいち担当者の私が知らないはずがないじゃないか」

「嘘だと思うなら、江田さんに電話をかけて確めてごらんなさい」

私は立ち上ってレジの受話器を取りあげた。江田を呼び出して、今聞いた話を確めてみるのだ。

江田は局にいた。私は彼にたずねた。おそらく私は、江田に向って詰問《きつもん》するような口調でつめよったに違いない。

「そうがみがみ怒鳴るなよ」

と江田は、いつもの冷静な口調で言った。

「おれとしても出来るだけのバックアップはしたんだ。だが、もうどうにもならんところまできてる。一応、あの番組はあきらめて、また新しい企画をたてるさ。良心番組だなんて外部でおだてられても、売れなきゃ続けられんのは当り前だ。うちが商業放送だってことを忘れないでくれよな」

「もう決定したのか」

「お前の気持は判るがね」

何か番組を続ける方法はないだろうか、と私は江田にたずねた。こうなればワラでもつかみたいような気持だった。

録音機をかついで、灼《や》けるような直射日光の下に頑張った事もあった。波の音を取ろうと漁船のへさきから乗り出し過ぎて、真冬の海に落ちた事もある。デモの渦の中で、学生と警官の両方から踏み潰されそうになったこと、無医村を訪ねて霧の山道で遭難しかけた時のこと、民放ラジオ・コンクールで連続受賞して祝盃をあげたこと、独房で徹夜のあげくテープを間違えて放送しかけたこと、様々なことが一度に頭の奥をかすめて流れた。

「何とかならんのか」

「あの番組を残す方法は一つしかないね。番組にスポンサーがつく事だ。売れれば大威張りで続けられるさ。ただ、自前《サス》じゃやれんと言うことだよ」

私は電話を切って席へもどった。西条と名乗った男は、五目スパゲッティを上品な手つきで食べ始めた所だった。

「あんたの言う通りだ」

目の前の皿を押しやりながら、私は首を振った。「いよいよ来るべき時が来たらしい」

「北沢さん」

と、そのとき西条が低い声で言った。「まだあきらめるのは早いですよ」

「何だって？」

「ぼくがお訪ねしたのは、その話でしてね」

私は黙って彼の顔を眺めた。恐らく、すがりつくような目つきをしていたのかもしれない。その時、私は自分の番組を続けるためなら、どんな事でも引受けていいような気持になっていた。西条という男は、そんな私を、色眼鏡の下からじっと見つめていた。

3

その日から一週間ほどたった晩、私はある有名なホテルのバーで、西条を待っていた。

約束の時間には、まだ二十分もある。私はギムレットを注文し、ぼんやり西条という男の事を考えていた。

西条の投げた餌《えさ》のうしろに、どんな取引が隠されているかを私は想像していたのだ。旨い話には、必ず裏がある。それは当然だ。そして、その方が安心できる。それは取引だからだ。彼はどんな注文をつけるのだろうか？

考えこんでいると、不意に背中を叩《たた》かれた。そこに立っている男には、見憶えがなかった。

「待ちましたか？」

と、その男は言った。色眼鏡をはずした西条だと気付いて、私は少しあわてた。そこにいるのは、一見、大学の講師か、それとも医者といった感じの、知的な風貌《ふうぼう》の青年紳士だったからである。

「スコッチを」

と、バーテンダーに注文して、彼は私に微笑してみせた。

その晩、西条は率直に自分の要求を私に示し、もしそれを受け入れてくれれば、ワンクール、つまり週一回で三ヵ月だけスポンサーを紹介しようと言った。彼の喋り方は、明快で、私は一種の爽《さわや》かさを覚えたほどだった。実際には、報道マンとしての私にとって、これほど侮辱的な要求はなかったはずだが、その時は、そんな感じはしなかった。私は自分の育てた番組を守ることで頭が一杯だったからだろう。

西条は、来月の番組で、最近噂されているタクシーの運賃値上げ問題を取上げて欲しい、と言った。

「それは私の企画の中にはいっているんだ」

と、私は答えた。「どうせ来月は、そいつをやる予定だった」

「そいつは有難いですな。ぼくは、その番組一本にだけ口を出さしてもらいますよ」

「あんたの狙いは一体なんだい。私だって、あんたが好意で良い話を持ちこんでくれたなどとは考えちゃいない。はっきり取引の内容を教えて欲しいな。こっちだって、ある程度の覚悟はしてるんだ。だが、それにも限界はある。あまり見えすいた番組は、局の立場としても放送できない時もある」

「ワンクール、十三回分に一流のスポンサーをお世話するんです。その代償に、ぼくの欲しいのは、その中の一本だ。その一本を制作する際に、ぼくも企画に参加させてもらえませんか」

「企画に？」

「ええ。タクシーの運賃問題をやるとして、あなたには全く公平な立場で番組を制作していただいていいのです。ただ、その企画の段階で少しぼくが動きたいんですが」

私には、彼の狙いがはっきり判らなかった。だが、彼が、番組の最終的な制作に関しては、一切干渉しないと誓った事で私は安心した。

五月の第三週に、タクシー運賃値上げ問題を扱うことで、話は決った。彼は、明日、ある一流の代理店を通じて、局の方へ番組提供の申し出が行くだろう、と言った。

私には事があまり簡単に運び過ぎて、現実感がなかった。いずれにせよ、明日になればわかることだが。

もし彼の話が本当であれば、とりあえず八月までは、番組は続く。

「今度のプランがうまく行けば、その後もずっとこんな風に仕事を継続したいと思います」

と、西条はくつろいだ口調で言った。「そうすれば、あなたの番組は今後も局の看板番組として残るわけだ。お互いに良い仕事をやりたいもんですな」

彼の言う〈良い仕事〉とは何だろう、と考えかけて私はやめ、グラスをあげてギムレットのお代りを頼んだ。

その晩、私はひどく酔ってアパートへ帰った。

彼は最後まで、酔いを見せず、紳士だったと思う。私は少し彼の事を好きになりかけていたのかも知れない。

4

翌日、スタジオで仕事をしていると、営業の江田から電話がきた。

「おい、どうなってるんだ」

と、彼はいきなり喋《しゃべ》り出した。「おまえさんの番組を提供しようという、奇特なスポンサーが現れたそうだぜ。さっき代理店から連絡があった。明日にでも契約する事になるだろう。一応ワンクールという話だが、場合によっては延長の可能性もあるらしい。おまけに、そのスポンサーというのが、W自動車工業なんだ。わからんもんだな」

「固い報道番組を提供する事で、企業イメージに信頼感をあたえようというんだろう。これからは少しずつ、そういう傾向が現れてくるんだよ。お前さんも、歌謡曲番組ばかりセールスしないで、新しい分野を開拓する事だ。おわかりかな」

私はいい気持で江田を煙《けむ》にまいてやった。西条の話は、嘘じゃなかったのだ。とりあえず、ワンクール。うまく行けば、これから先この番組は安泰だ。それにしても、

W自動車とは――。

私はたぶん、思いがけぬボーナスをもらった新入社員みたいな顔をしていたに違いない。女のアナウンサーから、その日は何度もからかわれる始末だった。

五月の第三週に、タクシー運賃問題をやる準備にとりかからねば、と私は考えた。まったく奇妙な話だ。あの西条の〈マスコミ企画研究所〉というのは、いったいどんな力をもっているのだろうか。

その日の夕方、電話があった。西条からだった。二、三日内に、番組の企画について相談したいという連絡だった。私は彼に今度の件の礼を言い、電話を切った。西条の軽い笑い声が耳に残っていた。

メーデーの前夜祭が行われている晩、私は西条といつものホテルで会った。その夜は、バーでなく、五階に広い部屋が取ってあった。

テーブルの上には、洋酒と、氷と、水があり、西条はスウェーターにフラノのズボンという、くつろいだ恰好で私を迎えた。

私たちは少し酒を飲み、それから打ち合わせに取りかかった。

「大体のあなたの案を説明して下さい」

と、彼が言った。私は企画書のコピーを一部彼に渡して説明にとりかかった。

「まず、タクシーの運賃値上げの背景を、ざっとコメントでたどってみる。それから、まず運輸省のK自動車局長へのインタヴュー。つづいて、値上げの答申《とうしん》を行った陸運審議会の委員の説明を聞く——」

「なるほど」

「間をコメントでつないで、次は当のタクシー業者の声を聞く。それから、今度は運転手のインタヴュー。次に使用者の立場から、主婦協のR会長の話を入れ、乗客数人を集めての座談会を少し。最後に評論家のTさんの話でしめくくる。まあ、ざっとこんな所かな」

「わかりました」

と西条が言った。「ところで北沢さん、あなたはこの企画書通りの番組をオンエアすれば文句はないわけですね」

「もちろんだ」

「つまり、これは報道マンとして、公正に企画された番組だということになります。そこで、実際に放送するのは、この通りということにして、企画の段階で少し提案があるのですが」

私はうなずいて西条を眺めた。彼の目が急に生き生きとした光をおびたように思われた。

「これとは別に、全く企画だけのための企画書を作りたいと思うんです。その企画に従って、一応取材はやっていただくことになるでしょう」

「たとえば？」

「この主婦協という団体は、おとなし過ぎるような気がします。もっと消費者の立場に立って強力に値上げ反対の意見を吐くグループを入れたいと思うんですが」

私は首をかしげながら彼を眺めた。彼の提案が私には意外だった。

西条がスポンサー提供の代償として、私に何を要求するだろうかという問題については、私は私なりに考えていたのだ。彼は恐らく、番組がある一定の企業、または業種に対して有利になるような構成を求めるに違いない、と思っていた。

こういったやり方については、私もいささか知識はある。録音構成の取材に出むいた観光地などで、地元の交通機関、観光協会などに協力を求める時にやる手口だ。

開設間もないフェリーボートを取上げた時、汽船会社は宿舎からハイヤーまで提供してくれた事がある。レジャー問題を扱った時には、あるスキー・ロッジが番組の宣伝まで買って出たものだ。

もちろんラジオ報道部として、その種の協力はお断りするたてまえだ。番組報道の公正を期すためには当然だろう。しかし、私たちは時にそのような企業の協力を受け入れる事があった。放送の分野におけるラジオ番組制作の比重は、テレビに押されて、レコード音楽番組に主力を注ぐ傾向を見せはじめていた。必然的に制作予算が制限される。まして、社会報道番組の制作費は、まともにしわよせをかぶっていた。

良い番組を作るためには、まず制作者の能力と情熱が必要だ。これは、どんな時でも変らない。しかし、これも優秀な機材と、人員と、予算の裏づけがなくては、手も足も出ない事がある。

「アイデアだよ、君。金があって人手があって、それで良い番組を作る位は高校生にだってできるさ。君らはプロなんだ。卓抜なアイデアと、豊富な経験、それで勝負しようじゃないか、え？」

局のお偉ら方は、ふた言目にはこんなふうな言葉を吐いた。

だが、それは現場を離れた職制の企業家の側に立った空論だ。ハイヤーの料金を気にしてるようで、徹底的な取材ができるわけはない。適当にお茶をにごしておくのは簡単だった。だが、そんな位なら、報道番組など作らない方がいい。私はそう思っていた。

だから、私の制作費は常に足りなかった。テープの消費量や、伝票のツジツマを合せる事で頭を悩ますのは馬鹿げた作業のように感じられる。

私は時に、企業とのタイアップを私的に行う事があった。特定の固有名詞を出さずとも、その気になれば、いくらでもPRの効果は作り出せるのだ。

ただ、私にそれをさせたのは、番組中の、いわばアクセサリーの部分しか売ってはいない、という自信があったからだった。その番組の基本的な姿勢は、絶対にくずさない。言いたい事は、割引かずにちゃんと守る。それが私のモットーだった。そして、これまでそれを通してきたという自負が私にはある。

最初、西条が旨い話を持ってきた時、私は彼の話には乗るまいと考えた。マスコミ企画研究所、などという、それ専門のエイジェントとかかり合うと、番組そのものの方向まで歪曲《わいきょく》させられる危険性があるように思えたからだ。

ワンクール、十三回分のうち、一本は完全なPR番組にされるだろう、と見通しをつけていた。そこまでは出来ない。かなり手を汚してきた私でも、番組を丸ごと売るのはいやだ。

タクシー料金値上げを取上げてくれ、と彼が言い出した時、私は読めた、と思った。たぶん、ハイ・タク業界から金を引き出して、値上げの必然性をPRする方向へ持って行くのだろうと見ていた。

本当なら、西条の申し出を、私は拒絶すべきだったろう。だが、私はその話に乗った。自分が企画し、育て、ここまで続けてきた〈現代の表情〉が、タイム・テーブルから消えてしまうのは、とても我慢ができない。

〈西条との闘いだな〉

と、私は覚悟をきめて、話に乗った。彼に乗せられたふりをして、一杯食わせてやろうと考えたのだ。相手の希望通りに構成したようでいて、結果的には売らないものを残してやろう。それが本当のプロというものだ。そんなふうに計算したのだ。

それだけに、実際の企画面で、彼が公正な立場で番組を組め、と言い出したのは意外だった。おまけに、主婦協より更に左寄りの団体代表の発言を入れよう、というのである。

「それじゃ、例の全婦連でも使おうか」

と私は言った。西条は、わが意を得たりというふうに大きくうなずいた。

「全婦連の宮《みや》女史がいいですな。昨年の牛乳値上げの時の活躍ぶりは、凄かったじゃないですか。共産党系の婦人団体とも統一行動を組んだあたり、大変な政治家ですよ」

「うるさがたとしては、まずナンバーワンだろう」

「ところで、この運輸省の自動車局長ですが、この男がタクシー業界のヒモつき官僚だという事はご存知でしょうね」

「そんな噂だな。だけど、監督官庁の立場としての発言はぜひ欲しいんでね」

「もちろんです」

西条は謎めいた微笑をうかべて、私に言った。

「あなたの企画通りに番組を作りましょう。オンエアされるのは、原案通りの番組です。ただし、そこまでの過程においては、私に協力していただきたいんですが」

「いいとも」

と私は言った。「最終的にこっちのプラン通りのものが放送されれば、文句はない。ただ――」

「なんです?」

「あんたが、この番組のどこで甘い汁をしぼり出そうというのか、その辺が見当がつかないだけさ」

西条は立ちあがって、私の肩に手をかけると囁《ささや》くような声で言った。

「ご心配ありがとう。ぼくもこの道じゃ一応プロのつもりでいます。最後まで見ていていただきたいもんですな」

「期待してるよ」

と私は言って、彼の部屋を出た。それからホテルの前でタクシーを拾って、代々木《よよぎ》の方角へ走らせた。街にはすでに夕暮れの気配が漂いはじめていた。車の中で私は、彼がどんな手で利益をあげるかを期待するような、倒錯《とうさく》した心理におちいりかけていた。おかしな話だった。

## 5

ボウリング場の横の道路をはいって、二十メートルほど走り、タクシーを止めた。左に折れた露地の突き当りに、モルタル造りのアパートがある。

私は玄関で靴を脱ぐと、それを手に持って階段をのぼった。江里子《えりこ》の部屋は、二階の右側の二番目だった。ドアの隙間から、けだるいアルト・サックスのソロがもれてくる。

私は軽くドアをノックした。

「だあれ？」

「おれだよ」

「めずらしいわね」

カチリと金属の音がしてドアが開いた。江里子は私を中へ入れると、また鍵をおろして、こちらの靴をガス台の下の棚に入れた。

六畳一間に机と、本棚と、セパレーツのステレオと、描きかけの油絵と、大きな犬の縫いぐるみと、ベッドが雑居している。畳の上には彼女の下着や、週刊誌が散乱していた。

「おれはどこに坐ればいいんだ」

「ベッドの上にどうぞ」

と江里子は歌うように言った。

「このところ、ずっとごぶさただったわね」

「金はちゃんと送ったはずだぜ」

「うん」

「酒はあるかい？」

「きのう江田ちゃんがきて、一本おいていったわ」

江里子は水と、ウイスキーのびんを机の上に出してくれた。煙草をくわえて、私の横に坐る。かすかなシャネルの匂いがした。

「江田は何しにきたんだ」

「あんたが最近、悪い男とつきあってるって」

「悪い男？」

「ええ。江田ちゃんはそう言ってたわ。マスコミの寄生虫みたいな奴だって」

江里子は二年前まで、私たちの局のアナウンサーだった。彼女と、営業の江田と、私は、同期に入社した仲間だった。

江里子は入社して間もなく、花形アナとして活躍しはじめた。クールな声に、冷いエロティシズムがあるという評判で、深夜のジョッキー番組には欠かせない女性アナだった。背が高く、少し猫背で、長い髪と青白い肌の美人アナを、私と江田が争ってから、もう五年の月日が過ぎている。だが、私たちは二人とも成功しなかった。有名な製菓会社の重役が、あっさり江里子をさらってしまったのだった。泣く子とスポンサーにはかなわない、と江田は言ったが、私はそうは思わなかった。

私はその重役が江里子にあきるのを、じっと待っていたのだ。

一昨年の夏、江里子はその男と別れ、ついでに局も退職した。あるテレビ局のニュース・ショウのホステスとして、新しい職場へ移籍したのだ。だが、彼女はそこでもスキャンダルを起こした。ゲストに出演した作家と、深夜、京浜国道で交通事故を起こしたのだった。

ニュース・ショウのホステスとして、このニュースは致命的なものだった。江里子はその後、自分でスナック・バーを始め、そこで或る男から詐欺《さぎ》にあって、昨年の夏、店をたたんだ。

私が彼女を獲得したのは、それ以来である。江里子は、今年になってから何ひとつしなくなった。私が彼女の生活費を出し、彼女は私の愛人のような形になった。だが、私とてそれほどの高給を取っているわけではない。私はアルバイトの台本を書いたり、変名で録音の内職をやったりして、彼女を養っているのだ。その点、江田は利口だと思う。彼は江里子との間を、単なる友人関係にとどめて、経済的負担は一切さけている。ビジネスマンらしい割り切り方だった。時どき、江里子の部屋へ遊びにきて、酒を飲んだり、無駄話をしたりして帰って行くくらいしい。

「江田は、どこからそんな話を仕入れてきたんだろう」

「そりゃあ、抜目のない男だもの」

と江里子は唇を曲げて笑った。「だけど、その男って、本当にそんなに悪いやつ？」

「ああ。悪いやつだろうな。でも、おれは彼が嫌いじゃない。おれたちみたいに、何だかだと口実をつけて、自分の良心のバランスを保とうとしたりしない所がな」

「会ってみたいわね、そんな悪い男に。わたしは悪いやつが大好きよ」

「いいとも。今度、紹介してやろう」

「何て名前？」

「西条というんだ」

「西条？」

「知ってるのか？」

「ええ。むかしね」

私は江里子に、西条について知っている事を話してくれるように頼んだ。彼女は最初しぶっていたが、ごく簡単に説明してくれた。その話では、江里子のかつての愛人だった製菓会社の重役が、西条という男の処置に苦しんでいたという。幼児用ミルクの中毒事件に関連して、その製菓会社は、巨額の金を西条にまきあげられたらしい。江里子の話では、製菓会社は何とかして彼を告訴しようと研究したが、どうにもならなかったという話だ。

「何でも、ラジオ番組を利用してゆすったらしいわよ」

と、江里子は言った。「あなたも、もう少し割り切って稼いだら？　ディスク・ジョッキーの台本書きで、担当者にギャラの上前《うわまえ》はねられてるようじゃ、しかたがないんじゃないの」

「おれは痩せても枯れても、ジャーナリストだ。番組を売って稼ぐ気はないぜ」

と、私は言った。だが、私の声はきっと弱々しく響いたに違いない。

「そこがあなたの良い所かも知れないわね」

江里子は、下着を脱いで私を誘った。深海魚のようにぬめぬめと青白い江里子の体に、私は暗い気持で沈みこんで行った。

## 6

数日後に、西条が電話をかけてきた。自分の企画書が出来たから、局の近くの喫茶店で会いたいと言う。

私は急いで伝票の整理を終え、約束の店へ行った。西条は先に来て、待っていた。白い歯を見せて微笑しながら、西条は一通のタイプした企画書を私に差し出した。

その企画書は、少なからず私を驚かせた。まるで、タクシー運賃値上げ反対のキャンペーン番組のような顔ぶれだったからである。

「このメンバーで取材して下さい」

と、彼は言った。「それと、あなたの原案通りのメンバーもね」

私は西条が何を企んでいるかに、一種の興味を覚えた。私は少しずつ、彼という男に惹《ひ》かれはじめていたらしい。

「いいとも。やってみよう」

「取材が済んだら、編集の前に一寸《ちよつと》お願いしたい事があるんですが」

きたな、と私は思った。

「会って戴きたい人がいますのでね」

「考えておくよ」

と、私は言って別れた。

取材は五月の頭からスタートした。五月の第一週の土曜に、大体の取材が終った。

私は西条に電話をし、取材が終った事を伝えた。

「そのテープを聞かせて欲しいんですが」

と、西条は言った。

私は未編集のテープをボストンにつめ、彼の指定したホテルの部屋へ運んだ。

西条は、満足そうな表情でそのテープを聞き終えると、私を見て、

「明日、このテープを持って四谷《よつや》のFへ来ていただけませんか」

六時に、と彼は言った。私は承知した。その後で、西条にすすめられるままに、ブランデーを少し飲んだ。軽い酔いが、私の口をなめらかにした。

「あんたの昔のお得意さんに、製菓会社の重役氏がいただろう」

と、私は言った。「その男の当時の女を知っているかね？」

「知りませんね」

「いま私が彼女の面倒を見てるんだよ」

「ほほう」

と、西条は微笑して、私にきいた。「その女の人というのは？」

「昔、うちの局の花形アナだった女さ。その重役と別れて、TV局へ移ったんだが、作家のFと交通事故を起こして、クビになった。今は、ただ何となく退屈して暮らしてるよ」

西条はしばらく黙っていた。何かを考えこんでいるようだった。

「そのかたを紹介してくれませんか」

と、彼は言った。「少し話を聞きたいんですが」

「あんたの商売の役に立つようなネタがあればいいがね」

と、私は皮肉を言った。西条は平然としていた。その面《つら》憎さが、私には爽快な感じをあたえた。

「自分で訪ねてみるといい」

私は簡単な地図を書いて、西条に渡した。「その代り、凄い情報が掴めたら、ギャラはうんと払ってやってくれよ」

「いいですとも」

私は重いボストンを抱えて、ホテルを出た。

次の日、私は六時に、四谷の有名な料亭Fへテープを持って出かけて行った。

客は、髪をオールバックにした、顔色の悪い初老の紳士だった。西条は折目正しい口調で私を相手に紹介した。

「Q放送ラジオ・プロデューサーの北沢さんです。今夜は無理をお願いして来ていただきました」

「よろしく」

と、初老の紳士は丁重に頭を下げ、名刺をさし出した。全国旅客自動車連合会の専務理事という肩書きだった。

料理が出、酒が少しはいった所で、西条が口を切った。

「今度、五月の第三週に、Q放送ラジオではタクシー運賃値上げ問題の特集を放送する事になっております。こちらのお作りになる録音構成番組は、これまで何度も賞を取ったり、ジャーナリズムの話題になったりしておりまして、世論に相当の影響力をおよぼす事は間違いありません。ところで――」

西条は言葉を切って、新しい企画書を取り出し、専務理事の前にひろげた。

「この企画書を見て、私は驚きましてね。ごらんなさい。全婦連の宮女史、評論家のTさん、それに運転者代表は組合の執行委員をやってる男です。外に一般利用者と業者代表が加わっていますが、実際には、ほんのわずかな時間です。つまり、このメンバーは大半が過激な値上げ反対者たちで構成され、番組そのものが値上げ反対キャンペーンの傾向をおびていると言えるでしょう」

「なるほど。こいつはひどい」

と、顔色の悪い専務理事が唸《うな》るように言った。「どれも札つきのメンバーばかりだ。それに、運輸行政の担当者も、陸運審議会の委員もいないな。これじゃ余りにも一方的な番組だ。Q放送は本当にこんな番組をやる積りなんですか」

「そうですね。北沢さん」

と西条がうながした。私はうなずいて言った。

「ええ。やります。すでに各氏のご意見は全部取材済みですよ。お聞かせしましょうか？」

　黙っている積りが、いつの間にか西条のバックアップをするような具合に変っていた。自分でも不思議な心境の変化だった。

「聞かせてもらいましょう」

　と、専務理事は敵意を隠した声で言った。西条がテープ・レコーダーを運んできた。私はテープをセットして、まず、全婦連の宮女史の演説から始めた。

　宮女史の値上げ反対論は、激越なものだった。専務理事の煙草を持った指が震えた。

「つぎは、評論家のTさん」

　T氏は理路整然と値上げの非を訴えた。更に数字をあげてタクシー会社側の値上げ理由を反論した。説得力のある喋り方だった。続いて運転手が、タクシー企業の内幕を暴露するような発言をした。専務理事の頰がかすかにひきつるのを、私は見た。

「西条さん」

　と、専務理事が言った。「あんたの話では、こちらのプロデューサーのかたに、番組の構成面で再考ねがう可能性があるという事でしたね」

「いかがでしょう、北沢さん」

と、西条が言った。「この番組の構成メンバーは、私ども専門家から見ますと、いちじるしく公正を欠いているように思えるんですが」

「そんな事はないと思うな」

「そこでご相談なんですが、多少、このメンバーの変更をお考えいただけないものでしょうか。無論、その代り今後はスポンサーその他の面で全面的な協力を惜しまない積りですが」

私は黙っていた。それは西条と打ち合わせ済みのやり取りだった。なれ合いのお芝居だ。

「たとえば、こんな案があります。まず最も過激な反対者、全婦連の宮女史をカットし、かわりに中立派の主婦協の会長を使う。それから評論家は他の人、大学教授のA氏などはいかがでしょうか。また、運転者と、業者代表はこちらの専務から推薦していただく。それに、もう一人、監督官庁の自動車局長も登場させる必要があるんじゃないでしょうか」

私は思わず失笑しかけて、あわてて苦い顔を作った。彼が言い出した案は、つまり私の最初の原案そのままなのである。彼はわざと過激な反対論者を集めた企画案を立て、それをぶっつけて業界を脅迫しているのだった。

あなたは公正な企画を立てて結構、と言った西条の真意が、私にもようやく判ってきた。〈最後にオンエアするのは、こっちの原案通りのものだ。だからこれは金で番組を歪《ゆが》めた事にはならないわけだ〉

そう思うと、私は気が楽になった。ここで少し専務理事をおどしておいてやろう。

「今さら変更はできませんね。取材は全部すんでますし、あなたの言う事は無茶ですよ」

「無茶を承知でご相談してるんです」

と、西条が調子をあわせた。

「困ったな」

と、私は専務理事を眺《なが》めて言った。「放送番組がタクシー業界の肩を持つようになるとまずいですからな」

「専務」

と、西条は私を制して言った。「この話は私と北沢さんの間で政治的に解決してみせます。大丈夫ですよ。私にまかせておいて下さい。彼と私は、十年越しの親友ですからね」

専務理事は、西条と私の顔をしばらくみつめ、急に皮肉な微笑を唇の端にうかべた。

「まあいいでしょう。お二人におまかせしますよ。とにかく、私の方じゃ、こんな番組を放送されちゃ困る時期なんですからな。金はいくらでも出します。危険な番組を放送前に食いとめたとなれば、私の株も上ろうというものです。次期の役員改選も近いことですし、ここで点数を稼がせてもらいますか」

私も西条と顔を見合わせて、苦笑した。すでに私は、共犯者の連帯感を、快く感じはじめていたらしい。私たち三人の男は、無言で盃《さかずき》をあげ、お互いの健康を祝って乾盃をした。

私はこれから局へ帰って、最初の企画通りの公平な番組を作る。専務理事は、極端な値上げ反対キャンペーンを、放送寸前に潰したと会議で報告し、運動費の出金伝票にサインをする。西条は、その金を自分の主宰するマスコミ企画研究所の口座へ入れる。私の番組につけたスポンサーも、恐らく彼にゆすられて番組提供を強いられたに違いない。

私は手を汚したが、番組の内容は売らなかった、と、考えた。放送される番組は、私が誰にも強制されず、ジャーナリストとして公正と感じるやりかたで構成されたものなのだ。

そう考えると、酒が旨かった。いや、旨かったのは、ささやかな悪の味だったのかも知れない。

## 7

その晩、四谷で西条と別れて、二、三軒はしごをした。

「今晩は何だか楽しそうね、北沢さん」

と、酒場の女が言った。楽しかったのは本当だ。独りで番組を作っている時よりも、西条と組んで動き回ったこの半月の方が、面白かったような気がする。

私は、カウンターの端で目をつぶり、最初スタジオにやってきた時の西条の顔を思い浮べた。知的でいて、どことなくもの憂げな表情を思い出すと、もう一度彼と会って一緒に飲みたいような気分になってきた。

私は金を払って酒場を出た。タクシーをつかまえて、西条のホテルの名前を言った。

エレベーターの中で、江里子も連れてくればよかった、と思った。きっと喜んだに違いない。

ノックすると、西条の声がインターホンからきこえた。私が名乗ると、少し間をおいてドアが開いた。

「どうぞ。きっと来ると思ってましたよ」

と彼は奇妙な微笑をうかべて言った。私は彼の肩ごしに、意外な人物を見た。

窓に向って裸の女が立っていた。青白い深海魚のような背中。長い髪。江里子だった。

「いつかアドレスを教えていただいたんでね。次の仕事の相談にお招きしたんです」

西条はパジャマのポケットに手をつっこんだまま、私と江里子を交互に眺めて言った。

「今後は、どうやら三人でご一緒に仕事を続ける事になりそうですな。きっと良いチームになりますよ」

私も観念して微笑を返した。何かがふっ切れたような、爽かな気分だった。江里子がこの男と寝たのは当然だ、という感じがした。

# 盗作狩り

# 1

夏木鋭一《なつきえいいち》が会議室にはいって行くと、江守《えもり》が咎《とが》めるような目つきで彼を見た。江守は、その番組の主任《チーフ》プロデューサーだった。

「何をしていたんだ」

「すみません」

と、夏木は謝まって、座についた。すでにスタッフの全員が顔をそろえていた。編成局次長の山下《やました》も、神経質そうな縁なし眼鏡を光らせて上座に坐っていた。頭をスポーツ選手のような角刈りにして、ポロシャツに替え上衣《うわぎ》という恰好の第二プロデューサー、沢村《さわむら》。一見銀行員ふうの妻木《つまき》報道課長も、不機嫌そうに煙草をふかしている。そのほかに、夏木と同じく企画取材担当の若い部員たちが、数人いた。妙に白けた、気まずい沈黙が会議室の中によどんでいる。

「じゃ、始めるか」

と、報道課長が煙草を灰皿に押しつけて言った。上役に対する時と、部下に対する時では、がらりと態度が違う中年男だ。服装も言動も、目立たぬ事を第一と心がけて、それを仕事の面にも強制する所がある。報道課長というポストに、最もふさわしからぬ感じの男だった。

「今日は連中がいないから、存分に言いたい事を言ってもらいたい。特にスタッフの連中からの発言を期待する。その為に集ってもらったんだ」

局次長の山下が早口で喋った。

「もう何の為の会議か見当はついてるだろうが――」

夏木は同僚の若いスタッフと、目顔でうなずき合って、顔を伏せた。下手《へた》に目立って発言させられては損だ。どうせ司会者が交替しない限りは、どうにもならない番組なのだ。

「まず決定事項だけ報告しておこう。討論はそれからだ」

と、報道課長が押しつけるような口調で言った。「第一に、司会者の更迭《こうてつ》は行わない事に決った」

軽いざわめきの気配がスタッフの間に起こった。課長は七三に分けて櫛《くし》を入れた髪に、ちょっと手をやって続けた。「三島隆介《みしまりゆうすけ》の契約はあと五ヵ月ある。当面、司会者の三島はそのままで、ホステスだけを考慮しようという事になった」

「それは決定ですか？」

と、第二プロデューサーの沢村が、うんざりした口調でたずねた。

「決定だ」

「やれやれ」

沢村は、ふてくされたようにこぶしで首のうしろを叩きながら、「番組の基本的姿勢を変えるという話は、どうなったんです？」

報道課長は、うかがうように山下編成局次長のほうを眺めた。

「次長からご説明ねがえましょうか？」

「君から話したまえ」

と、山下局次長が言った。報道課長は軽く頭をさげて、全員の顔を眺めた。

「目下の課題は、番組の視聴率を十パーセント台へ押しあげること。これは宮城《みやぎ》専務からの至上命令だ。それも早急に――」

「そのためには司会者の三島を切る以外にはないですよ」

と、沢村第二プロデューサーが言った。「それはもう皆が考えてる事だ。宮城専務にしてみれば、自分がわざわざ仲介して契約したスターですから、三島を男にしたいという気持はあるでしょう。でも、そんな事にこだわってちゃ、この番組はジリ貧ですよ」

「まあ、待てよ、沢村君」

と、課長がむっとした声で制止した。「こっちの説明をまず聞きたまえ。局としては、ここで思い切った手を打つ事に決めたんでね」

「ほう。それは面白い。聞かせてもらいましょう」

沢村第二プロデューサーは、どこかやくざっぽい口調で言い、腕を組んで天井を見あげた。

「よし。わたしが話そう」

と、そのとき山下編成局次長が言った。「三島隆介は替えない。これはもう決定したんだ。だが、ここで現在のまま五パーセントたらずの低視聴率に甘んじているわけにはいかん。民放界でのわが局の面子《メンツ》もある。何がなんでも、十パーセントにこぎつけるんだ。そのためには——」

編成局次長は、言葉を切ってスタッフを眺めた。静かな室内にエアー・コンディショナーの音だけが、かすかにきこえた。

「そのためには、一時的に、異例の手段を講じる事もやむをえん。思い切った大胆な企画で一発勝負してみてはどうだろう」

「つまりセンセイショナリズムで行けという事ですか？」

と、主任プロデューサーの江守が、次長をみつめてきいた。

「つまらんね」

と、第二プロデューサーが言った。「そんなありきたりの手では、お話にならんよ」

「ありきたりでない手ではどうだ」

局次長は企画スタッフのほうへ視線を投げた。「君たちの意見がききたい」

「テレビのニュース・ショウそのものが、すでにマンネリ化してしまってるんじゃないでしょうか」

と、夏木の隣に坐っている同僚の黒田が言った。「ですから――」

「そんな事をきいてるんじゃない」

山下編成局次長の声が大きくなった。「もっと、マスコミ全体がアッと驚くような企画はないか、というんだ。たとえば、スキャンダルでも何でもかまわんから、一発大騒ぎになるような企画を出してみろ」

「なるほど。番組制作の基本的姿勢をかえるというのは、その事ですか」

沢村第二プロデューサーが皮肉たっぷりに呟《つぶや》いた。「恥も外聞《がいぶん》もかまわんから、何かやれというわけだ」

報道課長が不機嫌な声で制した。

「君、少し謙虚な態度で問題を考えたらどうかね。君は大体——」

「大体、なんです」

「沢村。よせ」

主任プロデューサーは、沢村へ目くばせして、「企画スタッフの意見を聞こうじゃないか」

皆、黙りこんだ。重苦しい空気が部屋を満たした。局次長は唇を曲げて、しきりに指で机を叩いていた。報道課長は、沢村をにらみつけて、むっとした顔をしていた。企画担当スタッフは、目を伏せて沈黙している。

「何かないのか、え？」

局次長の声が高くなった。「三島隆介は替えんぞ。このままで十パーセントに視聴率をあげるんだ。どんな企画だってかまわん」

そのとき沈黙を破って夏木が言った。

「どんな企画でもって、本当ですか？」

「もちろん」

「ぼくに一つ変った案があるんですが」

「ほう。聞かせてもらおうじゃないか」

夏木鋭一は、目をあげて全員の顔を眺め回した。その席にいるスタッフ全部の目が夏木に集中した。皆、びっくりした様子だった。

〈こんな事は、はじめてだ〉

と、夏木鋭一は頭の中で呟いた。それまで企画スタッフの中でも、一番ぱっとしない存在の夏木だった。彼より年下のスタッフにも軽く扱われ、課長からは何度も余計者呼ばわりをされているのだ。

「夏ちゃん」

などと女事務員からも気やすく呼ばれている。

「もし、この企画が実現すれば、この番組は注目の的になるかも知れません」

と、夏木は小さな声で言った。「でも、とうてい実現不可能でしょうがね」

「いや。君の案が面白ければ、うちではやるよ」

と、局次長。

「政府からクレームがついてもですか？」

「政府？」

「ええ。別に政治問題じゃありませんが」

報道課長が、いやな顔をした。夏木鋭一はそれに気づかぬふりで言葉を続けた。

「これは、ぼくが三ヵ月余りも温めておいた企画なんです。しかし、とうてい陽の目を見る機会はなさそうでしたのでね」

「スキャンダルかい？」

第二プロデューサーが勢いこんだ声できいた。「汚職か？」

「いいえ」

と、夏木は軽い優越感に浸りながら、全員の顔を見渡した。彼は自分が突然、背の高い堂々たる権力者になったような気がした。こんな事は、このテレビ局に入社してからはじめての事だった。

「実に奇妙な話なんです」

と、彼は喋り出した。「奇妙というより、驚くべき事実と言ったほうがいいかも知れませんが――」

そのときから、夏木鋭一の奇妙な狩りが始まったのだった。

## 2

夏木鋭一は、東洋《とうよう》テレビの報道部員である。東洋テレビが、半年ほど前から鳴物入りでスタートさせたニュース・ショウ番組の、企画スタッフの一人だった。

ニュース・ショウの名前は、「三島隆介ウイークデー・ショウ」といった。人気アナウンサーとして婦人視聴者に広いファンをもつ三島隆介が、他のテレビ局から引き抜かれて司会をやっていた。

同じようなニュース・ショウが、他のテレビ局では、相当の高視聴率をあげている。東洋テレビでも、当然、三島隆介の人気からいって、十パーセント以上の視聴率は確保できるものと信じ込んでスタートしたらしい。

だが、番組宣伝の強力なバックアップにもかかわらず、「三島隆介ウイークデー・ショウ」は、最初からもたついていた。最高で六・七パーセントという、予想を裏切る低視聴率に、局ではスポンサー以上に驚いたらしい。

手をかえ、品をかえの番組テコ入れも、いっこうに効果があがらない。三島隆介の交替が噂されたのは、スタート後三ヵ月目頃の事だった。だが、関係者の予想に反して、三島隆介は、番組を降りなかった。交替したのは、比較的好評だったホステスのほうだった。

東洋テレビの実力者、宮城専務が三島隆介の交替を認めなかったからである。三島隆介を他局から引き抜くについては、宮城専務が個人的に動いていたらしい。老人の一徹さから、専務は三島隆介の司会よりも、制作担当者の無能を非難したのだ。

担当プロデューサーが、ごく短い期間に二度も替り、最近では、編成局次長みずから責任者として番組にタッチしてきていた。

ニュース・ショウ番組を実質的に支えているのは、司会者や、主任プロデューサーだけではなかった。毎回それぞれ趣向をこらしたゲストを準備したり、ニュースの材料を追って日夜駆け回っている、企画スタッフの力が大きかった。週に五日の番組を、毎日目先を変えて話題を追うのは、企画スタッフの腕である。いくら司会の腕がさえても、材料の新鮮さ、豊富さがなければ番組は充実しない。企画スタッフの仕事は、大変な重労働だった。彼らは毎日毎週の新聞、雑誌、単行本をはじめ、映画、ステージまで見落さず目をくばり、さらにそのうえ、ゲストを口説《くど》いて出演させる押しと粘りも要求された。そして、その結果、視聴者の評判が良ければ司会者の株があがり、悪ければそのしわよせがくる。縁の下の力持ちという言葉は、彼らのために作られたようなものだった。

夏木鋭一は、東洋テレビに入社して七年になる。本当ならば、彼はすでに自分の番組を持って活躍している頃だ。だが、どういうわけか、報道部でも目立たぬ存在だった。他の部員のいやがる仕事が、ほとんど彼の所へ回ってくる。

「夏ちゃんは、図書館の司書になるべきだったわ。テレビなんかに向かないのよ」

と、同僚のディレクター、花森英子《はなもりえいこ》はよく夏木に言った。

〈ほんとうにそうかも知れん〉

と、夏木はその度に思う。彼は一つの事に関心をもつと、どこまでもそれを突っ込んでみなければ気がすまない性質だった。時々刻々に流れて行く現実の動きを、手際よく切り取って見せるような仕事は、彼には向いていないのだ。

「おれはテレビ的人間じゃないんだよ」

と、ある晩、彼は新宿《しんじゆく》の飲み屋で花森英子にからんだ事がある。

「じゃ、何なのよ」

「非テレビ的人間さ。今日は育児の問題、明日は社会保障、あさっては内閣改造といった具合にはいかんのだ。ちょこちょこっと表面をなでて通り過ぎて、気のきいた構成ものを作る。評論家や大学教授を集めて、解説ふうの座談会をやる。ニュース・ショウと称して歌や踊りを見せる。おれには駄目なんだよ。できないんだ。つまり、テレビ失格者さ」

「夏ちゃんには、夏ちゃんで、また良い所もあるんだけどな」

と、英子はビールを一息にあおって首をかしげた。「男性としては、優秀よ」

英子は妙なしなを作って、夏木の膝を脚で押した。彼女は、それまでに二度ほど夏木を誘ってホテルに泊まった事があった。

「まあ、いいさ。いずれそのうち東洋テレビのサービス・ステイションあたりへ回されて、次長あたりで退職って事になるだろう。おれの一生なんて、そんなもんだよ」

「夏ちゃんがグチ上戸《じょうご》とは知らなかったわ」

と、英子はいい、勘定を払って彼をタクシーに押しこんだ。その晩、二人は三度目のホテルへ泊まったのだった。彼は三十歳に踏み込んだばかりで、当分、結婚など考えてはいなかった。英子もそうだった。だから二人は、友情を保ちながら、時たま一緒に寝る事ができたのだろう。

夏木鋭一がその手紙を受取ったのは「三島隆介ウイークデー・ショウ」がスタートして、三ヵ月ほどたった初夏の午後だった。

局へ出て、部屋へ行くと、机の上に一通の白い封筒が置いてあった。たどたどしい字で「三島隆介ウイークデー・ショウの係のかたへ」と、三行にわけて宛名が書いてある。

この種の投書は一日に数百通もくる時があった。司会の三島隆介宛のものもあれば、番組宛のものもある。だが、係のかたへ、という子供っぽい表書きの封筒に、夏木はなぜか心を惹《ひ》かれた。

夏木は、その封筒を上衣のポケットに入れて、地下のレストランへ降りて行った。昨夜、深夜まで企画案を検討した後、新宿で朝方まで飲んでいたのだ。食欲はなかったが、何か胃の中へ入れておかねば、また今日も忙しくなりそうだった。

「トマトジュースにサンドイッチを」

と、彼は注文すると、壁際のテーブルに坐って、白い封筒を取り出し、読みはじめた。


——私はF県T市のT中学校二年、和田正子《わだまさこ》といいます。家は食料品のお店です。家族は、両親と、姉が二人います。上の姉は二年ほど前にお嫁に行きました。だから、今は家族四人でくらしています。

私は春休みの間、いつも「三島隆介ウイークデー・ショウ」を見ていました。今は一学期が始まったので、見ることができません。また夏休みがきたら見ることができると、楽しみにしています。

私がこの手紙を書いたわけは、「三島隆介ウイークデー・ショウ」が、いつかデザインのまねをした話をとりあげていたのを見たからです。三島さんは、マークやポスターの募集で、他の人の書いたマークやポスターをそっくりまねして応募する人がいる、とおっしゃいました。そして、他人の作ったものをまねをするのは、日本人のいけない性質だと言われました。

私も、そう思います。そこで、ポスターだけでなく、作文でも、詩でもまねをするのはいけないと考えました。だから、この手紙を書くことにしました。三島さんに、こんなまねはいけないことだ、とテレビで言って欲しいと思います。

先月のはじめ、私たちの中学校へ文部大臣がこられました。文部大臣のような偉い人がくるのははじめてなので、掃除や、集合の練習で大変でした。文部大臣は、このT市の出身で、T市から大臣が出たのは最初だということです。文部大臣は、私たちの中学校の校長先生と、学生時代同級生だったそうです。そこで、T市へこられた時、わざわざ私たちの中学校にたちよってくれたのです。

文部大臣が見えた日、講堂へ一年生から三年生まで全部集まりました。そして話を聞きました。大臣は、この学校は、自分の母校のようなものだと言われました。そして昔の友達である校長先生に頼まれて、新しい校歌を作ることになった、と言われました。

文部大臣が帰られて、三週間ほどして、その校歌がとどきました。文部大臣の作詞された校歌をもっている中学校は、全国でもありませんと校長先生は自慢されました。曲は、日本でも有名な作曲家の作られたものだそうです。私たちは、音楽の時間に、その校歌を書いた楽譜をもらいました。少しむずかしい歌だと思いました。その楽譜をもって家に帰ると、お嫁に行っている姉さんが遊びにきていました。私は、こんど中学の新しい校歌ができた、と姉さんに自慢をしました。姉さんは見せてごらん、と言いました。私が楽譜を見せると、姉さんは変な顔をして、

「これ本当に文部大臣が作詞したの?」

と、ききました。

「そうよ」

と私が言いますと、姉さんは、

「これは、あたしが三年前に作って、市制記念の青年歌募集に出した歌よ」

と言いました。その時は佳作《かさく》で、入選はしなかったけど、確に自分の作った歌だと言うのです。私はまさかと思いましたが、姉さんは、本当に驚いていたようでした。

私は母さんにその事を言いましたが、母さんは、それは冗談でしょう、と言いました。でも、私は姉さんが嘘《うそ》をついたとは思えません。次の日、姉さんの家へ電話をして、もう一度たずねてみると、

「もうそんなことどうだっていいじゃない。でも、あの歌は私が三年前に作った歌詞とおんなじよ。偶然かもしれないけど」

と、言いました。そんな事があるのでしょうか。もし、それが偶然でなければ、文部大臣が姉さんの歌詞を、まねをしたことになります。私たちは毎朝、朝礼の時に、その校歌を歌うので、もし、それが姉さんの書いたものなら、作詞者は和田和子《かずこ》として欲しいと思います。また、本当の偶然だったなら、それも面白い話だと思います。もし、そんな偶然があるとすれば、先日、三島隆介さんが言っておられたポスターの話も、まねではなく偶然かもしれません。

私はその事を担任の武尾《たけお》先生に話しましたら、先生から「いいかげんな事を言うな」と叱《しか》られました。私はいいかげんな事を言ったのではない、と言いましたら、「お前は根性がひねくれている」と怖い顔でにらまれました。私はとても残念なので、この手紙を書きました。本当の事がわかって、あの歌が姉の作詞だったという事になれば、それはうれしいですし、全くの偶然だとすれば面白いニュースだと思います。「三島隆介ウイークデー・ショウ」の話題として取りあげて欲しいと考えて、この手紙を書きました。よろしくお願いします。（なお参考のため、新校歌の楽譜を一緒に入れておきました）

夏木鋭一は、首をかしげてその手紙を封筒におさめた。妙な手紙だ、と彼は思った。三島隆介ウイークデー・ショウの企画スタッフとして、投書をもとに材料を集める事はある。だが、この相手が中学生だという事が、彼にはめずらしかった。

〈この手紙は果して信用できるのだろうか〉

と、彼は考え、もう一度、その文面を読み返した。彼の体の奥で、何かかすかにうごめくものを彼は感じた。

〈調べてみよう〉

と、彼は思った。もし、これがいたずらの投書だったとしても、別にどうという事はない。もし、本当だったとすれば――。

その場合どうするかは、彼には見当がつかなかった。とにかく一度F県に飛んでみようと、彼は決心した。

## 3

その週の終りに、夏木鋭一は飛行機でF県へ飛び、T市を訪れた。ニュース・ショウの企画スタッフとして、全国を取材で飛び回る事に、彼はすっかり慣れていた。北海道まで日帰りで取材に出かける事もあるのだ。

夏木鋭一は、まずT市の広報課を訪れた。T市は三年前、市に昇格した小都市で、市庁舎というより役場といったほうがよさそうなオフィスが、駅前に立っている。

広報課の担当者は、東京からニュース・ショウの取材に来たという夏木を、得意そうに広報課のデスクに坐らせた。人の好さそうな小柄な青年だった。

「この市では青年歌を公募して決められたそうですね」

と、夏木は世間話の後で何気なくきいた。

「ああ、あれか」

と、青年は苦笑して、「決める事は決めたが、今はもう誰も歌いよりゃせんで」

「なぜです？」

「流行歌のほうが歌いやすいもんな」

夏木は、その時の市民ニュースのバックナンバーはあるか、とたずねた。青年はうなずいて、古いとじ込みを持って来た。

「三年前というと、これだな」

青年は黄色くなったパンフレットを拡げて指をさした。そこに青年歌当選発表の記事が出ているのを夏木は見た。

当選したのは、六十四歳になる、元小学校教師だった。次席は、F大学の学生だ。佳作三篇が、その後に続いている。

「これだ！」

と、夏木は、その三篇の最後の歌詞を指で押えて軽い声をあげた。

「なんだね、いったい」

と、青年は不思議そうに夏木を見あげた。

「いや」

と、夏木はあいまいに苦笑して言った。「ぼくの知った人の名前があるんでね」

「和田和子か」

「知ってるんですか？」

「ああ。もう嫁に行ったがね」

「どんな人です」

「あんた、知ってるって言ったじゃないか」

「何しろ昔のことだから」

夏木は手帳を取り出して、その歌詞を写し取った。鉛筆を走らせながら、夏木は、自分の心臓の鼓動が次第に大きく響きはじめるのを聞いていた。

〈まったく同じだ。一番も、二番も、三番もそのままだ。あの中学生が送ってきた歌詞の通りじゃないか〉

夏木は少し上気したような赤い顔をしていた。それほど暑い日でもなかったが、掌がじっとりと汗ばんできた。

〈あの中学生の手紙は本当だった。これはあの子の姉が三年前に作詞した歌だ。そうすると、文部大臣は一体どうしたというんだ〉

そこまで考えて、彼はようやく自分が摑んだ材料の奇妙さに気がついた。文部大臣の盗作、という事実が、はっきりと彼の目の前によこたわっているのだった。

東京に帰った夏木は、局の机の前で、この問題について何度となく考えをめぐらせた。

これだけの材料を、そのまま主任プロデューサーに提出する気はなかった。文部大臣がなぜ盗作というわなに落ちたか、その経過を自分ではっきりと確めて見なければ気がすまなかったのだ。これが夏木のくせだった。

彼は、この問題に腰をすえて取り組んでみたいと思った。そして、内容は説明せずに、報道課長にしばらく特定の取材に集中させて欲しいと申出たのだった。

「しばらくだって？」

と、報道課長は夏木を眺めて首をふった。「冗談じゃないぜ。ウイークデー・ショウが大変なピンチにさしかかっているというのに。毎日の取材は、毎日終ってくれ。一週間だ、二週間だ、なんてのんびりやっとるひまはないんだ。もっと歯切れよく動いてもらえないもんかね、え？」

夏木は、よほど取材の内容を説明しようかと思った。だが黙っていた。この時点で取材内容を出した所で、どうせ実際の仕事は他の有能で軽薄な連中の手に移ってしまうだろう。折角、自分でさがし当てた材料だ。最後まで自分の手で取材をしたい、という気がしたのだった。

だが、実際、毎日のノルマをこなしながら、自分だけの仕事をやるというのは、実に困難な作業だった。夏木は、いつかは自分の手で、とひそかに思いながら、雑用に追われてその取材をほとんど中断していたのだった。だが、いつか機会がくれば、と彼は考えていた。その時は、一発、でかい花火を打ちあげてやる。

中学校の校歌も、青年歌佳作の作品も、どこへも逃げる心配はなかった。心配といえば、その文部大臣が内閣改造か何かで、辞《や》めてしまいはせぬか、という事だけだった。夏木はいつの間にか政府の動向に気を配るようになっていた。

「夏ちゃん、あんた最近どうしたの？　いやに政局に関心持つようになったじゃない」

と、花森英子にからかわれた事がある。

「ああ。文部大臣が辞めないかと気になってね」

「文部大臣がどうかしたの」

「いや。何でもないよ」

たとえ一緒に寝る事はあっても、この件だけは黙っていようと思っていた。英子とて、なかなか有能な報道ウーマンだ。いつ出し抜かれるか、わかったものではない。

「変なひと」

と、英子は笑った。「まったくテレビには向いてない男だわ」

「そう思うかね」

「だって、そうじゃない」

夏木はかすかに笑って言った。

「いつかは君たちが考えもしなかったような材料をつかんでやるよ。その時になったら、ぼくがどんなにテレビに向いた人間かということがわかるだろう」

「まさか」

頭から信じていない表情で、彼女は面白そうに笑ったものだった。

# 4

会議室の中にのこっているのは、局次長と、報道課長と、主任プロデューサーと、それに夏木の四人だけだった。やがて、編成局長が呼ばれてやってくるはずだった。

報道課長も、局次長も深刻な顔で黙りこんでいた。

さっき夏木が自分の企画案を出した時、スタッフは半信半疑で彼の説明を聞いただけだった。しかし、夏木がいったん部屋にもどって、机の中から例の校歌の楽譜と、手帳にメモした歌詞を提出した事で様子が変った。

夏木はその資料をもとに、こんな提案をしたのだった。

「まず文部大臣に、うちの番組への出席をもとめましょう。そして、校歌作詞のいきさつを喋ってもらい、つづいて、この中学生からの手紙を見せて説明を求めるのです。大臣が何と答えるか、その辺が興味があります。そして、第一日目はそこで終るんです」

「第一日目だって？」

「ええ。一回きりじゃ、番組の視聴率をあげても仕方がありませんからね。その日はそこまでで、次の予告を流しておきます。そして視聴者とジャーナリズムの関心をそそっておいて、二日目に、この手紙を書いた中学生を出します。三日目に、T市の広報担当者を出演させ、その市の青年歌募集のいきさつと、佳作作品を発表してもらいます」

皆、黙って夏木の話を聞いていた。少し間をおいて、夏木はゆっくりと話し続けた。

「さらに四日目は、青年歌作詞者の和田和子、つまり中学生の姉さんに出てもらいます。そこで、文部大臣の作詞した歌とくらべあわせて、両者が全く同じものである事を確認する。五日目に、大臣に出演を求めます。そこで、二人の作者に話し合ってもらうのです。これが文部大臣の盗作であるか、または全くの偶然であるかが、はっきりするのがその日です。できれば、その中学校の新校歌を合唱団に歌わせてみるのも面白いと思うんですが」

局次長の目が急に輝きを増して夏木をみつめた。報道課長は、局次長の顔色を上目づかいに注視していた。スタッフは、夏木の思いがけない提案に、あっけにとられたように沈黙したままだった。

「夏木君。ちょっと待ってくれ」

と、局次長は言ったのだ。「これは、われわれだけで検討すべき問題じゃない。一応、今日はここで会議を打ち切ろう。この企画は、局の方針が決定するまで、部外秘だ。絶対に外にもらしちゃいかん。いいな」

そしてスタッフが解散した後、局次長と、報道課長と、主任プロデューサーの三人に、夏木を加えた四人が部屋に残ったのだった。

「いま編成局長がくるそうだ」

と、受話器をおいて局次長が言った。「それにしても、夏木君、じつに妙な事件を掘りおこしたもんだな、君は」

「どこまで裏付けがとれるのかね」

と、報道課長が言った。

「ぼくは、F県まで飛んでT市の広報課で確認してきたんです。まちがいありません」

「しかし、こんな偶然なんて、実際にあるもんだろうか？」

と主任プロデューサーが首をかしげた。

「さあね。まず、あり得ない事だと思いますよ」

「じゃあ、文部大臣の盗作という事になる」

局次長と報道課長が、呆れたように顔を見合わせた。その時、会議室のドアを開けて、でっぷり肥《ふと》った血色のいい男がはいってきた。編成局長の真鍋《まなべ》だった。東洋テレビの若手実力者ナンバーワンと目されている切れ者だ。

「何か面白い話らしいな」

局長は、肥った体に似合わず、きびきびした動作で椅子を引きよせ、よく響く声で言った。

「ウイークデー・ショウの新路線に関して、おれに相談でもあるのかね」

局次長が、夏木の提案の内容をかいつまんで説明した。編成局長は、腕を組み、目をつぶって黙って聞いていた。次長の説明が終っても、彼は沈黙を続けた。頭をたれ、唇をきつく嚙《か》んで、局長は身動きもしない。

「よし」

と、しばらくして局長が言った。底力のある低い声だった。「そいつをやろう」

「しかし――」

と、報道課長が言葉をにごした。編成局長は、そのほうにちらと目をやって、大きくうなずいた。

「君が心配してる事は、わかってる。現職の閣僚のスキャンダルを取りあげて大丈夫かというんだろう？　もちろん、政府は黙っちゃいまい。何しろ相手は、文部大臣だからな。官房長官あたりが怒鳴り込んでくる位は、覚悟しなけりゃならんだろう」

「それでもやるんですか？」

編成局長は微笑して言った。

「こっちは商売だ。政府の提灯《ちょうちん》もちをやったからといって、相手が必ずしも面倒を見てくれるというわけでもない。問題は、商売と政治のかね合いさ。ここで一発こいつを取りあげれば、必ずウイークデー・ショウは視聴率があがる。そっちが先だよ。後から少々いやがらせをされたとしても、局の看板番組がこのままポシャるよりはいいだろう。背に腹はかえられぬというやつさ」

「しかし、放送免許の再申請の問題もありますし――」

報道課長が、おずおずと言った。編成局長の声が少し高くなった。

「やるだけやって、責任を取ればいいじゃないか。責任を」

主任プロデューサーと、報道課長はうつむいて、もじもじした。局長は、不意にくだけた口調にもどって、

「なに、大丈夫だよ。というのは、わけがあるんだ。文部大臣の亀林正義《かめばやしまさよし》は、党内で

敵の多い男でね。閣僚の中にも、彼の失敗を待ち構えている連中が何人もいるはずだ。政府そのものとしては、困るだろうが、党内ではそれを材料に、彼の失脚を企む動きも当然出てくるだろう。その内部抗争のバランスにのっかって一発やって見ようじゃないか。最近は、どうも報道番組が弱気でいかん。自己規制というやつも行き過ぎると番組の魅力を失わせる働きをする。視聴率が落ちては、元も子もないからな。そこが民放の辛い所さ。良い子になってるだけじゃ、やって行けんのだ」

局次長が肚《はら》を決めたような調子で言った。

「ひとつ、危険を承知でダイナマイトをしかけますか」

と主任プロデューサーが言った。

「やりましょう」

「夏木君、この企画は君が中心になって、まとめてくれ」

と、局長が夏木の顔をみつめて言った。夏木鋭一は、体の奥に武者ぶるいのような戦慄《せんりつ》が電流のように駆け抜けるのを感じた。

「やります」

と、彼は言った。「ぼくの責任で仕事を進めさせてください」

「よし。たのむ」

編成局長が立ちあがってきて、夏木の肩を叩いた。「三島隆介ウイークデー・ショウの興廃この一発にあり、だ。がんばってくれ」

「はい」

思わず鼻の奥が、つんとした。編成局長が食えない男だという事ぐらい、先刻承知だ。だが、こんなふうに言われるとつい、よし、という気になってしまう。

〈これがおれの甘い所だ〉

と、夏木鋭一は思った。だが、それはそれで良い、という気もした。

「予算も人員も、必要なだけ使わせてやり給え」

と、局次長は報道課長に念を押した。

「わかりました」

と、課長はうなずいた。「夏木君の仕事がしやすいように体制をととのえます」

夏木鋭一にとって、それは全くはじめての経験だった。花森英子が、さぞびっくりするだろうと、彼は考え、思わず微笑した。彼は、体の奥に入局以来はじめてといっていい充実感をおぼえていた。

# 5

その週の金曜日に、夏木鋭一は衆議院の議員会館に亀林正義文部大臣を訪ねた。最初、文部省のほうへ取材を申入れたのだが、文書課でややこしい事を言うので方針を変えたのである。国会記者会の友人の紹介で、大臣の個人秘書に頼んだのだった。

だが、その日、大臣は不在だった。それは予想していた事なので、彼は秘書と話し合う事に決めた。

議員会館の亀林正義の部屋は、三階にあった。部屋にはいると、女事務員が心得たふうに彼を隣の部屋に案内した。

ベージュで統一された品の良い部屋で、棚には大輪のバラが、こぼれんばかりに盛ってある。壁に大臣の自筆の額がかかっており、本棚にはブリタニカの大事典が並んでいた。

「お待たせしました」

と、紺《こん》の背広を着た体格の良い青年が現れて、きびきびした動作で名刺をつきつけた。

「私、大臣第一秘書の立花《たちばな》です」

「東洋テレビの報道部の夏木です」

と、夏木鋭一も名刺を渡した。

ありきたりの世間話の後で、夏木は率直に取材の目的を説明した。

「ここに大臣が贈られたT中学校の新校歌があります」

「ああ、これね。わりかし良い文句でしょう？　あれでうちの大臣は、なかなかロマンチックな所がありましてね」

「ええ。そこで」

と、夏木は言葉を切って、秘書の顔をみつめ、単刀直入にたずねた。「この詞は、本当に大臣が作詞なさったものでしょうか？」

「なんですって？」

第一秘書の顔が赤くなった。

「いえ、実は正直に申上げますが、今から三年前に、この歌詞と全く同じものが発表されているのです。これをご覧ください」

夏木は、手帳を取りだし、T市民ニュースからメモした三番までの歌詞を、第一秘書の目の前にさしだした。

「そんな馬鹿な！」

「この歌詞は、ある市が、市制記念として公募した中で、佳作に選ばれています。市民ニュースに、正式にのせられているものですから間違いはありません」

「変な言いがかりはやめ給え。大臣は――」

「間違いなく、これは自作だと言うんですね。それじゃ結構です。と、すると、問題は二つにしぼられてきます。まず、三年前に発表された歌詞と、全く同じものが偶然に大臣の手によって書かれた、というケース。これはこれで、面白い題材です。私どものニュース・ショウに、二人をお招きして、偶然のいたずらについて、話し合っていただきたいと思います」

「…………」

「もう一つ考えられるケースがあります。それは、文部大臣が盗作を行った、という見方です」

第一秘書が、荒々しく椅子を鳴らして立ちあがった。選挙演説できたえた大声で、

「馬鹿もん！」

だが、夏木はそんな田舎《いなか》じみたハッタリには驚かなかった。彼は顔を紅潮させて、こぶしを握りしめている青年に、平静な口調で続けた。

「この歌詞が本当に大臣の自作なら、そのどちらかしかありません。何しろ、前に佳作入選した作品は、ちゃんと印刷され残されているんですからね、ちゃんと調べてみ

れば、あなたにもお判りのはずですよ」

　第一秘書の青年は、夏木が顔色も変えないので、拍子抜けしたようだった。夏木は、うながすように、その青年を坐らせ、話を続けた。「もし、それを確認したければ、長距離電話で向こうの広報課員から、直接その歌詞を読んでもらう事ですな」

「ほんとかねえ、その話」

と、第一秘書は弱々しい声で呟いた。「いったい、どうすればいいんだ」

「ほんとうの事を教えてくれるだけでよいのです」

しばらく沈黙が室内を満たした。口をきいたのは第一秘書のほうだった。

「しかたがありません。白状しましょう」

「そのほうがいいですよ」

「あの歌詞は、本当は大臣の自作ではありません。あれは、CM音楽企画会社に特に頼んで、君島淳《きみじまじゅん》に書かせたものなのです」

「君島淳ですって！」

　今度は夏木が驚いた声をあげた。「あの、有名な作詞家の――」

「ええ。そうです。NHKのラジオ歌謡で一世を風靡《ふうび》した、作詞界の第一人者ですよ。今じゃRレコードの重鎮として、にらみをきかせていますがね」

「あの君島淳に頼んだわけですか」

「つまり、大臣の代作をお願いしたわけです。まあ、よくある事じゃありませんか。そのかわり、相当の謝礼はしましたよ。一曲の作詞代作料として、五十万払いましたからね」

「五十万円！」

「ええ。何しろ君島淳先生ですからなあ」

第一秘書は、ふたたび顔を紅潮させて、立ちあがった。

「それを一体、なんて事をしやがる。恥知らずめ。もしもこの件で大臣に迷惑がかかったりしたら、どうする気だ。プロのくせに盗作した作品を売りつけるなんて！」

夏木も立ちあがって礼を言った。

「おかげで取材が一歩すすみました。つまり、あの歌詞は大臣の自作ではない、という事が一つ。さらに、それが有名な君島淳のアルバイトだったという事が一つ。ますます面白くなってきたようです」

「待ちたまえ」

と、第一秘書はあわてて叫んだ。「君は、まさかそれを放送で取りあげる積りじゃないだろうな」

夏木は相手を眺めて答えた。

「使う積りですよ。そのために取材してるんですから」

「馬鹿な。大臣の立場をつぶすような問題を取りあげて、それで済むと思うのかい」

第一秘書の口調が急にやくざっぽい感じになった。夏木は部屋を出ながら、きっぱりと言った。

「済む済まないは、放送後にわかるでしょう。いずれにせよ、こっちはありのままの真実を報道するだけですから」

部屋を出ると、彼は自信に満ちた足どりで議員会館の廊下を歩いていった。大きな獲物を追って山野を駆ける狩人《かりゆうど》のような快感が、彼の体を満たしていた。

〈これは狩りだ。盗作者という獲物を、おれはとことんまで追いつめてやるんだ〉

心の中で、彼はそう呟いていた。

## 6

その日の夕方、夏木は原宿《はらじゆく》に近いＣＭ音楽企画会社の事務所にいた。

ＣＭ音楽企画会社は、ＣＭだけでなく、いろんな音楽を作っていた。代議士ソングが流行すれば、それも企画した。ＢＧ音楽が有利だとなれば、インスタントなＢＧテープを制作したりもする。

夏木がその事務所を訪れると、社長の菊山《きくやま》が愛想よく応対した。菊山は、四十代に踏みこんだばかりの陽気な男で、パイプをくわえベレーをかぶって、芸術家ふうに構えている中年男だ。放送局には、えらく低姿勢な男だった。

「今日は何です。うまい話でもあるんですか」

「おたくで代作した文部大臣の校歌についてききたいんですが」

「おや？　誰から聞きました、その話。あれは、あくまで亀林大臣がお作りになったものだという事になってましてね」

菊山社長は、急に警戒するように夏木を眺めた。

「おたくを通して、君島淳さんに書かせたそうですね」

「誰が言いました？」

「亀林正義氏の第一秘書が白状しましてね」

「なぜでしょう？」

「あの歌詞は、どうやら盗作らしいです」

「なんですって！」

夏木が事情を説明すると、菊山社長の顔色が変った。

「本当ですか、それは」

「電話でT市の広報課へ問い合わせてみる事ですな。全く同じ歌詞を読んでくれるでしょう」

菊山社長は沈痛な表情で、天井をあおぎ、首を振って独り言のように呟いた。

「ああ、もう、えらい事してくれよった。君島先生やから思うて、信用しちょったに」

「作詞料に五十万円出たそうですな」

「五十万？」

菊山社長は、苦い顔で、

「冗談じゃない。あの第一秘書にピンはねされて三十五万受取っただけですよ。それも右から左に君島先生に払いました。今度の仕事は商売ぬきで引受けた話なんでね」

これまでも代作の需要は多かったのか、と夏木はたずねた。

「そりゃもう。代議士先生作詞ちゅうのは、みんな君島先生の小遣い稼ぎですよ。先生、最近は格ばかり高くて、いっこうにヒット曲が出ないんでね」

夏木は礼を言って、CM音楽企画の建物を出た。すでに舗道には夜の気配が漂い、原宿族と呼ばれる少年たちの群が、あちこちに烏《からす》のような姿を見せていた。

翌日、夏木鋭一はRレコードに、君島淳を訪ねた。自宅に電話をすると、会社で会うと言うのだ。

Rレコードは、新しく完成したばかりの本社と、スタジオの豪華さが評判になっていた。テレビ局の人間に、それを誇示したいのだろうと、夏木は君島の心理を推察した。

Rレコードの三階、役員室に君島はいた。この高名な作詞家は、ほとんど重役と同じように扱われていた。本人も、平取締役を、君づけで呼んだりして、いっぱしの大物気取りでいるらしい。

君島淳は、上野《うえの》の西郷隆盛《さいごうたかもり》の像を、そのまま小柄にしたようなタイプだった。顔が大きく、坐っていると立派に見えるが、歩いている姿はむしろユーモラスでさえあった。

夏木が重役室へはいって行くと、君島は、ゆったりと立ちあがって席をすすめ、やや女性的なほどの甲高い声で喋り出した。

「あなた、レコード会社は初めてですか？　なかなか立派なもんでしょう。テレビ局にだって負けない位だ。ね、そうでしょう？」

「ええ」

「ただ、レコード会社には、いろんな人間がうろうろしていて落ちつきませんね。プロダクション、ジャーナリスト、歌手の家族、若いアーチストたち——」

君島は、両手をもみ合わせ、ひどく嬉しそうに続けた。

「ほら、重役室の前の制作室の廊下に、男たちが沢山つっ立ってたでしょう？　あれは売れない無名詩人たちですよ。専属になってはいるが、ヒットが出ない。時々、お情けに人気歌手と抱き合わせの新人の歌を書かせてもらうんだな。どうせ自分は売れないが、裏面の人気歌手の歌でレコードが売れる。片面一曲二、三円の印税でも、かなりの金になりますからね。せめて裏面でもヒットしたい、と、チャンスを待ってる所から、連中を呼んで、裏マチ詩人。面白いでしょう、え？」

「なるほど」

と夏木は適当に相づちを打ってから、きいた。

「先生はＣＭ音楽企画を通じて文部大臣の歌の代作をおやりになりましたね？」

「ほう。どこで聞いてきたんだい」

「菊山社長は、先生に三十五万円でお願いしたと言いましたよ」

「なに！」

君島の女性的な声が、いっそう甲高くなった。「三十五万円だと！　冗談じゃない。わたしが受取ったのは、作詞料として二十万円きっかりだ。それ以上は一円だってもらってはいないぞ。あの菊山の野郎め」

「そうですか。まあ、それは先生とあちらの間の事ですから私には関係ありません。実は今日うかがいましたのは――」

夏木は、君島の目をのぞき込むように身を乗り出して言った。

「あの歌詞は確に先生のお書きになったものですね？」

「なぜそんな事をきく。当り前の事じゃないか。あれは、わたしが三晩も徹夜して書きあげた、いわば会心の作品だよ。大臣も喜んでおられたようだ」

「あの歌詞は盗作ではないかという問題がおこっているのです」

君島の瞼《まぶた》がぴくりと震えた。彼は少し唇をあけて、驚いたように夏木を眺めた。

「あの歌詞と全く一言一句も違わない作品が、三年前に発表されているのです。これは、全くの偶然でしょうか。一番から三番まで、完全に同じ歌詞が偶然生まれるとは思えません。そうすれば、盗作としか考えられないのですが」

「三年前に？　どこで？」

「F県T市の市制記念行事の一つとして、青年歌の一般公募が行われました。そして、その時、佳作に入選した作品が、それです。ちゃんと市民ニュースに活字になっています」

君島淳は、よろけるように立ちあがり、窓際に行くと、腕をうしろに組んで、長い間外を眺めていた。女事務員が紅茶とケーキを運んできた。夏木は、リプトンの香りを楽しみ、残酷な快感を覚えながら、窓際の獲物を観賞していた。大きな尻。大きな頭。グロテスクだが、手ごたえはある。今に彼は打ちしおれてこっちを振り向くだろう。彼の告白を聞いて、後はニュース・ショウへの出演をすすめるのだ。勿論、出たがらないに違いない。だが、そこはテクニックだ。うまく乗せて、半信半疑の獲物をスタジオに引き込む。そうすれば、もうしめたものだ。こっちが、どんなに残酷な質問をあびせかけても、獲物は反抗できない。テレビ・カメラの魔術に、大ていの男女は手も足も出なくなる。後は三島のペースで引きずって行けばいい。

「妙な話だが――」

と、君島が振り返って呟いた。彼は夏木の前で、肩幅をいつもの半分位にせばめて哀願するような目つきをした。

「実は、あの詞《ヴァース》は私が書いたんじゃないんだ」

「何ですって？」

「正直に白状しよう。あの作詞の依頼をうけた時、私はミュージカルの台本を抱えて、どうにも仕事の余裕がなかったんだ。そこで、私は、弟子の青柳《あおやぎ》アキラにその仕事を回してやった——」

「回してやった、とは？」

「青柳は金に困っていたからだ。私としたら弟子を援助してやろうという気持もあってね。私にとっては小さな仕事だが、青柳クラスの作詞家じゃ食うのが精一杯だろう。私は彼の才能を買っているし、何か手軽に稼ぐ方法をと思って、それまでも時たま仕事を回してやっていたんだ」

「つまり、代作を下請けに出されたわけですね」

「とにかく、あの詞を実際に書いたのは、わたしじゃない。責任は一切、青柳君にある。だが、彼が盗作をやるとは——。作詞家としての将来は閉ざされたも同然だよ、君」

責任を弟子に押しつけてしまうと、君島大先生は、少し元気を取りもどした。

「ちえっ。この紅茶はぬるいじゃないか、おい！」

夏木は君島を残して、重役室を出た。Rレコードの真新しい建物が、なぜかその日は、薄汚なく見えた。

# 7

その日は、午後から雨になった。傘を持ってこなかった夏木は、頭からずぶ濡《ぬ》れになりながら、青柳の住所を探した。

青柳の家は、私鉄のターミナルに近い、ごみごみした街の裏通りにあった。下水がつまっているためか、水があふれて、バラック建ての玄関にまで流れ込んでいる。雨が降らなくても、一日中陽が射さない場所だ。

青柳アキラは、そんな家の一軒の二階に間借りしていた。夏木が訪ねた時、彼は自分の部屋でガリ版を切っている所だった。

夏木が自己紹介をすると、青柳の表情に一瞬、痛ましいほどの喜びの色が走った。彼は階段を転げ落ちるように駆けおり、お茶と、固くなった生菓子の皿を摑んで持ってきた。

青柳アキラは、名前のあたえる印象とは正反対の、貧相な三十男だった。襟《えり》の汚れたテトロンのシャツに、時代がかった古い背広を着て、穴の空いた靴下をはいている。

髪は耳にかぶさるほどの長髪で、本人はそれが得意のポーズらしく、右手の小指で気ぜわしくそれをかきあげるのだ。

痩《や》せて、尖《とが》った顎と細い首をしていたが、目は優しい光をたたえて澄《す》んでいる。

「局のかたにわざわざ来ていただくなんて、光栄です」

と、彼は固くなって喋った。「いつでも呼び出して戴けば、うかがいますのに。前に一度、おたくの局の音楽番組の構成をさせていただいた時は――」

「今日は仕事の話ではないんです」

と、夏木は言いにくいのを我慢して宣告した。相手の顔がたちまちくもるのを見て、彼はやりきれない気持になった。

「そうでしょうなあ」

と、青柳は言って畳のへりをむしった。「どうせ私なんか仕事を頼みにこられるわけがないですよ。ネームヴァリューがありませんしね。この世界は知名度が大切ですから」

夏木は、わざと冷酷な口調で質問をした。そうでもしなければ、やりきれなかったからだ。

「あなたは、君島淳氏の代作で、いくらもらいました」

青柳は驚いたように夏木を見た。

「ほら、あの中学校の校歌ですよ。昨日、Rレコードで君島さんは、あなたに頼んだと言いましたがね」

「ええ、ぼくがやりました」

「いくらもらいました」

「三万円です」

「三万——」

夏木は、唖然《あぜん》として、青柳の顔を眺めた。君島淳は、少なくとも二十万円をCM音楽企画から受取っている。それを代作させて、三万円とは——。

説明できない怒りが、夏木の心に湧き起こった。彼は激しい語調で青柳に言った。

「あなたは、あの歌詞をどこから盗んだんですか」

「盗んだ？　ぼくが？」

「ええ。あの歌詞は、三年前にすでに発表され印刷されたものです。偶然に似たというもんじゃない。その証拠もあるんだ。青柳さんあなたはどうしてそんな下らない事をしたんです。たった三万円ぽっちの金のために」

「たった三万円？　ぼくが下らない事を？」

「そうですとも」

「これを見てください」

青柳は机の上に積んである雑誌を一抱え夏木の前に投げ出した。それは薄っぺらなB5判の雑誌だった。〈歌謡同人誌・海猫〉〈歌謡曲新人集〉〈南十字星詞集〉〈作詞クラブ〉などと表紙に印刷してあった。

「ぼくは君島先生について歌謡曲の作詞を勉強しだしてから十二年になります。去年やっとRレコードの専属作詞家として契約できたんです。まだヒット曲は出ていませんが、そのうちいつかは大ヒットを飛ばすかも知れません。でも実際には、レコードの作詞の仕事は年に何回か回ってくるだけなんです。だから、ぼくはこうして同人誌をガリ版で切ってテレビ局や芸能プロ、先輩作詞家たちに送ってるんです。三万円ぽっち、とおっしゃいましたね。ぼくのレコード作詞料が一体いくらかご存知ですか？ぼくは一曲三千円なんですよ。手取りで二千七百円です。印税は一円七十銭。銭ですよ、銭。三万円は、ぼくにとって大金です」

夏木は黙りこんだ。青柳にではなく、彼をとりまく様々な連中を憎んだ。亀林文部大臣、第一秘書、菊山社長、君島淳――。

「それは言いわけかね」

と、夏木は冷い声で言った。「そんな事は盗作とは無関係だ」

青柳は頭をたれて、しゃくりあげた。貧相な中年作詞家が泣くさまは、見て楽しいものではなかった。

「すみません」

と、彼は言った。「どうしても書けなくて困っていたんです。F県のT中学のためのものだとは聞いていました。だからT市を見て来たら書けるかも知れないと思ったんです。T市の図書館で古い市民ニュースを見ていたら、あの詞が目につきました。佳作だし、三年も前のことだから大丈夫だろうと思ったんです。すみませんでした」

窓の外で風と雨の音がした。夏木は黙って青柳の顔を見つめていた。長い時間二人はそうしていた。やがて、夏木が奇妙に乾いた声で言った。

「青柳さん、あなた、嘘をついてますね」

「嘘を？」

「ええ。あなたは三年前のことだから大丈夫だと思った、とおっしゃる。それは嘘だ。あなたは、いずれ事実が発覚する事を知ってて盗作したんだ。そして、それを君島氏に渡したんだ。意識的にね」

「なんのために？　なぜ、ぼくが——」

「君島淳という大家に復讐するためでしょう。あなたは、十二年かかって、やっと専属の作詞家になった。だが、実際に旨味《うまみ》のある歌手のレコードは、全部あの君島氏がやる。あなたは彼の代作を、一篇何千円か、何万円かの涙金でやらされていたんでしょう。君島氏は売れない作詞者たちを裏マチ詩人だ、などと軽蔑していた。あなたも、たぶん、そんな風に扱われていたんだ。そして、それに耐えられなくなって、復讐を企んだのだ。盗作を彼が認めれば彼は失脚する。もし、あれは代作だったと言えば、これまでのヒット曲があなたの代作だった事も人々に知られる。どっちにしても、あなたの復讐は成功するんだ。今のあなたにとって、あの君島氏は、自分を押えつける巨大な壁なんだ。だから、あなたはその壁に穴を明けようと企んだ──」

青柳は、じっと穴の明くほど夏木の顔を見つめていた。彼は、そうだとも、違うとも言わなかった。

しばらくすると、彼は全く夏木を無視したように、再びガリ版を切りにかかった。

夏木は、暗い気持のまま階段を下り、泥水のあふれている露地へ出た。雨は小降りになっていたが、肌寒い夕方だった。堤防に上ってみると、黄灰色の水量が、こわいほど堤防の上の方まで迫って流れていた。夏木は雨に濡れながら、一人で河を見つめて立っていた。

# 8

夏木鋭一が取材の結果を報告した時、編成局長は複雑な表情をした。

「つまり何だな。文部大臣は第一秘書を通じて、ＣＭ音楽企画会社に代作を依頼した。その費用五十万円は、第一秘書の手でピンハネされて三十五万円がＣＭ音楽企画に支払われた。ＣＭ音楽企画はそれを二十万円で君島淳にたのんだ。君島はさらに三万円で弟子の青柳に代作を命じる。青柳はそこで盗作をやり、その作品が大臣の名でＴ中学へ贈られた。ざっと、そういうわけだな」

「経過だけをたどれば、そうなりますが──」

と夏木は答えた。彼は局長が、青柳が盗作をあえて行った心理的背景について全く関心を持たないらしい事が不満だった。五十万円の作詞料が、末端に渡る時には三万円になっているという事実の、象徴的な意味づけを彼は考えていたのだ。それはまさに、現代社会の非合理と欺瞞《ぎまん》をはっきりと表現しているように思われた。青柳の盗作は、その非合理に対する末端者の発作的な反抗ではないか、と彼は考えたのだった。

「よし。面白くなるぞ」

と編成局長は唸った。「まず、最初はその投書をよこした女生徒から引っぱり出そう。そこで投書と同じことを喋らせる。次の日はT市の広報課長を呼んで、市民ニュースの佳作入選作を視聴者の前に提出する。そして三日目は、大臣を弁明に招くんだ」

「大臣が出演をOKしますかね？」

と報道課長が言った。

「そこが君たちの腕だ。何といってでもいい。とにかくトリックに引っかけても出演させよう。もし、断ってきたら、その時の会話や電話を録音しておいて、現れなかったいきさつを聞かせ、欠席裁判で、取材の経過だけを司会者にやらせるさ」

「なるほど」

「出演して弁明する事を拒否すればしたで、それがニュースになる。出席しない事を、逃げてると取られては、大臣の負けさ。何とでもして弁明に出てくるはずだがね」

「以下、順番に菊山CM音楽企画社長、君島淳先生、青柳アキラ氏と出して、それぞれの弁明をさせ、最後に、本当の原作者、和田和子という主婦に登場してもらう。そこがクライマックスだ」

「出演者たちが出演を断ってくれれば、そのいきさつを夏木君に解説させて話を進める事もできるな」

と、局長が言った。

それらの計画は、夏木には余りに現実性が薄いように思われた。だが、テレビという媒体の恐しさ、面白さは、その現実的でないことを見事に現実化してしまう所にあるのだ。思い切ってぶつかってみる事で、意外な結果が出るかも知れなかった。

〈やってみよう〉

と、夏木は考えた。まず、とにかく口説いてみる事だ。

「経費は惜しむなよ」

と、局長は夏木の肩を叩いて笑った。「徹底的に取材しろ」


数日後に、編成局長が夏木を呼んで言った。

「そろそろイヤガラセがきだしたぜ」

「政府ですか?」

「いや、そんな下手な事はやらん。遠まわしに、じりじりとな。亀林文部大臣が、官房長官に何か頼んだらしい。うちの常務の所へ電話があったそうだ」

「それで、上の方はどうなんです」

「うちは商業放送だ。時には与党に逆らってでも資本の要求はまもらねばならん。つまり視聴率が上るのと、政府の機嫌をそこねるのと適当な所で利害得失のバランスをはじきながら計算してるんだろう」

「そんなもんですかねえ」

「そんなもんだ」

と編成局長は、はっきりした口調で断言した。


出演交渉は、予想通り難航していた。まず大臣は第一秘書を通じて断ってきた。その問答はきちんと録音機に録音してある。ＣＭ音楽企画の菊山社長は、出て弁明すると言ってきた。また君島淳も、出演する旨《むね》、答えてきた。青柳は電話で断ってきた。彼は君島淳の怒りをかって、Ｒレコードへの出入りをさしとめられたと、夏木に言った。心なしか、前に会った時より、明るい声だったように夏木は感じた。

これらの折衝は、社内でさえも完全に秘密を保ったまま行われた。もちろん、他のジャーナリズムにもれるようなへまはしない。当事者たちが、自分から公表したがらない問題だけに、その点は安心だった。

問題は、最初の出演者である女子中学生と、原作者であるその姉、和田和子を引っぱり出すことだった。

夏木が再びF県へ飛んだのは、その大詰めの交渉のためである。

9

むし暑い、いやな日だった。

夏木は、T市の郊外に、中学生の姉である和田和子を訪ねた。彼はそれまで、一つの錯覚をしていた。彼女がすでに結婚していると知らされていたのに、和田和子の名前で市民ニュースに出ていたため、旧姓和田を探して無駄足をふんだのである。

二年前に彼女は国鉄の職員と結婚して、白坂《しらさか》和子となっていたのだ。

白坂和子の家は、鉄道線路のすぐ横にある、国鉄職員の公舎だった。二戸が背中合わせになっている木造の平屋で、小さな庭が申訳ていどについていた。庭には、わずかの草花と、雑草と、貧弱な青桐の木があった。白坂和子の主人は、石に趣味があるらしく、庭先にも、玄関にも奇妙な形をした石が、たくさん転がっている。

夏木がブザーを押すと、庭のほうから、黄色いワンピースの女が出てきた。

「白坂和子さんですね」

「ええ。何か?」

と、彼女は垣根の向こうから、警戒している目の色で夏木を見た。

「こういうものです。妹さんの件でうかがいました」

夏木が東洋テレビの名刺を出し、東京からきたのだと言うと、彼女はようやく庭木戸を開けて、彼を招じ入れた。

縁側に坐って、夏木は白坂和子のすすめるカルピスを飲み、自分のやってきた目的を説明した。彼女はその話は妹からきいた、と言った。

「あなたの作詞した歌が、妹さんの中学で校歌として歌われているんです。問題は、その作者が、亀林文部大臣になっている事でしてね。私の調べた所では、その代作者は、やはりT市市民ニュースに掲載された、あなたの佳作入選作品をそっくり盗作したようです。そこで、この問題の原作者の著作人格権をはっきりさせるためと、今後二度とこのような盗作事件が起きないようにするため、番組に一週間毎日取りあげる事になりました。そこで白坂さんに――」

「テレビに出ろとおっしゃるんですか？」

彼女は驚いたように夏木を眺めた。学生時代、運動でもやっていたのだろうか、大柄ののびのびした体つきで、目鼻立ちが少年のようにくっきりした美人だった。さっきから夏木の話を、黙って聞いていながら、一言も口をはさまなかった。眉《まゆ》の間に軽いしわをよせて、何か迷っている風情《ふぜい》だった。

「やはり原作者のあなたに出ていただきたいと思いますが」

と夏木は言った。引っぱり出しさえすれば後は誰と嚙み合わせようとこちらの自由だ、後でこんな積りじゃなかった、などと食ってかかられた所で、放送はすでに済んでしまっている。

「主人と相談してみますから——」

と、白坂和子は言った。「明日にでもご返事いたします」

「大げさに考える事はありませんよ」

「ええ。でも」

「あなたの妹さんにも、出ていただく積りです。こちらの方が近かったので、先にうかがったのですが」

「何だかこわいわ」

「そんな事はありませんよ。ただ、司会の三島隆介の質問に答えて、この歌詞を作った時の気持とか、苦心談とか、ほんの五、六分お喋りいただくだけで充分なんです」

「私、結婚する前から、テレビに一度出てみたいなあ、って思っていたんです」

白坂和子は、よく光るきれいな目で夏木を見て言った。

「じゃ、なおさらじゃありませんか」

「ええ。でも──」

「何が気になるんです？」

「べつに気になる事なんかないわ」

彼女は反発するような口調で言った。なぜか、夏木がひっかかるものを感じた言いかただった。

「あの歌詞には、愛着がおありでしょうね」

と、夏木はきいた。

「自分の作った歌ですから」

白坂和子は早口で、そっけなく答えると、

「私、そろそろ夕食の準備もしなければなりませんので」

「では、ご主人と相談なすって、ぜひ良い返事をきかせてください。今夜のうちに、お電話をいたしますから」

「どうぞ」

夏木鋭一は、鄭重《ていちょう》に頭を下げて庭を出た。どうもすっきりしない気分だった。テレビに一度でいいから出たかった、と言った時の白坂和子は、なかなか魅力的だった、と彼は考えながらバスを待っていた。

その晩、夏木は白坂和子のところへ呼出しの電話をかけた。

しばらくして、聞き覚えのある声が受話器の向こうでひびいた。

「私、やっぱりお断りします。残念だけど」

「なぜです？」

「主人が反対なもんですから」

「ご主人は、なぜ反対なさるんですか？」

「そんなこと知りませんわ」

「もう一度会ってください、奥さん」

「…………」

「ぼくも真剣です。それに――」

夏木は激しい自己嫌悪を覚えながら、囁くような調子で言った。

「この番組がどうこうという事でなく、ぼくは一度、奥さんのカメラ・フェースを拝見して見たかったんですよ。ぼくたちは今、あのウイークデー・ショウのホステスを探してるんです。普通の家庭の主婦で、感じが良く、カメラ映りのいい方をね。どうせ東京の番組に出るというわけには行かないにせよ、ぼくは一度、奥さんをブラウン管で見たかったな」

「………」

「明日、もう一度うかがいます。その時にまたくわしくお話しましょう」

「だめですわ、私なんか」

「じゃ、明日の午後」

「でも――」

「おやすみなさい」

夏木は電話を切ると、大きなため息をついて頭を振った。素人《しろうと》を引っぱり出すためには彼や彼女らの潜在的な願望に訴えかけるのが効果的なのだ。そこは、これまで何度となく使ってきた一種の技術だった。

翌日、夏木鋭一は最初に投書をくれた、白坂和子の妹の中学生に会った。彼女はテレビに出演するという事で、それ以外の事は何も考えられなくなってしまったらしかった。彼女は、その日、何を着て行くべきか、髪型はどうすべきか、などと夏木をさんざん悩ませた。

やっとの思いで彼女と別れると、彼女の両親を訪ね、適当な説明をして両親を安心させた。両親は、三島隆介の熱心なファンだった。

夏木が、白坂和子の公舎を訪ねたのは、午後二時過ぎである。

彼女は今日はワンピースではなく、外出着のような白いスーツを着ていた。薄く化粧をはき、目尻に目立たぬ位のアイ・ラインを入れている。動作も、生き生きして、絶えず微笑をうかべていた。夏木は、顔をそむけたいような恥《はず》かしさに駆られた。だが、すすめられるままに、座敷に通った。

「ご主人は反対なんでしょう？」

と、夏木はきいた。

「でも――」

と、白坂和子は笑って言った。「主人は主人、私は私ですもの」

「そうですか」

「私、出させていただきますわ」

彼女は体を乗り出すようにして、夏木をみつめた。「もう、決めましたの」

「しかし――」

「いいえ。主人のことならいいんです。何にでも反対するんですから」

夏木は奇妙な錯覚におちいった。自分が彼女を出演させにきたのだという事を、忘れかけていたのだった。

「私、何を着て行こうかしら」

と、彼女は、妹と全く同じ質問をして、夏木を女の目で見た。

「そうですねえ」

と、夏木はあいまいな返事をして、立ちあがった。「くわしい打ち合わせは、また後で東京からお電話をいたします」

「あら、もうお帰りになるの？」

「ええ。列車の時間がありますから」

夏木は、そそくさと靴をはき、駅へ向かうバスに飛び乗った。

## 10

東京へ帰った次の日、夏木が局へ出るとちょうどF県から長距離電話が入った所だった。

「白坂さんとおっしゃってます」

と交換手が言った。あの女だな、と夏木は少し重苦しい気分になった。

「もしもし、夏木ですが」

「あ、夏木さんでいらっしゃいますか」

相手は男の声だった。夏木は少し驚いたが、すぐに、あの女の夫だと気づいた。

「先日はご無理なお願いを申しあげまして」

「いや、家内こそいろいろ面倒をおかけします」

「何か、その件で？」

「ええ」

少し間をおいて、相手は喋り出した。「家内からお話の内容をうかがいましてね。何でも、家内の作詞した歌がテーマだとか――」

「ええ。そうです」

「じつは、家内は大変テレビ出演に夢中でしてね。私が言っても、聞きやしません。しかし、私は主人としてでなく、家内があの歌の原作者として出演する事は、まずいと思うんです」

「ほう。少しご説明ねがえますか？」

「家内は市制記念の青年歌募集に応募して、佳作に入選したわけです。しかし、だからといって、あの歌の作詞者が、家内だとは限らないんでね」

「なんですって？」

「はっきり申上げますと、あの歌詞は、家内が書いたものではありません」

「じゃあ、どうして――」

「あれは私が中学生だった頃に、ガリ版刷りのクラス雑誌にのせた自作の歌詞なんです」

「あなたが？」

「ええ。今はもう誰も覚えていないし、残ってもいない古雑誌を、彼女はみつけたんです。それにのっていた歌詞の一部を変えて応募したところが、佳作に入選した。これが当選歌ならもっと目立つでしょうが、佳作ですから幸い誰も気づきませんでした。いや、そうじゃない。気づいた人間は一人いた。その原作者のわたしです」

「本当の話でしょうね」

「ええ。証拠のクラス雑誌もありますよ。そこで私は、その話をするため、彼女を呼び出したんです。それが、家内と私のそもそものなれそめというわけでして」

「………」

「ですから、あの歌は家内の作品ではありません。家内が盗作したものです。本人もそれを知ってて、それでもテレビに出たいんですな。知らぬ顔で出演をお受けしたらしい。しかし、それは、まずいと思いますね。おたくのほうも、そうでしょうが、彼女自身のためにもマイナスです。世間をそんなふうに欺《あざむ》いてやって行ける、となめてしまう事は、彼女自身をスポイルする事になるんです」

「――わかりました」

夏木はひどい疲労感に押しつぶされそうになりながら呟いた。「ラッキョウの皮みたいなもんですな。これが本物かと思って行くとまだその先がある。やっとたどりついたと思うと、また盗作だ。ぼくは盗作恐怖症にかかったらしいですよ。こうして、あなたの話を聞いていても、ひょっとすると、そのあなたも誰かの詞を盗んだんじゃないかと疑ってるんです」

「ともかく、家内は出演させませんので、よろしく」

ガシャリと電話が切れた。

夏木鋭一は、ぼんやりと制作室の乱雑なデスクの集積を眺めた。

〈ラッキョウだな〉

と、口の中で呟いた。暗い迷路だらけの盗作の森に、踏み迷った感じがした。どこへ抜けようとしても、どこまでも続く堂々めぐりだ。どの目じるしも信じられないような気がする。

〈いったい歌に原作者など存在するのだろうか〉

と、夏木は、ぼんやり電話のそばに突っ立ったまま考えていた。

その時、電話が鳴った。彼はのろのろと受話器をとりあげた。

「誰だい？」

と相手は横柄《おうへい》な口調できいた。

「夏木です」

「ああ。おれだがね」

主任プロデューサーの声だった。「あの企画はポシャったよ。編成局長が、手のひらを返したように止《や》めるというんだ。もちろん、連中の間で何か取引があったんだろう」

「そうですか」

「おれは最初から無理だと思ってたがね」

「そうですね」

「お前さんは、さぞショックだろうな。わかるぜ」

「いや、ちょうど良かったんですよ」

「え？」

夏木は、受話器をおき、眠りからさめた幼児のように、大きく伸びをした。それから、雑然たるデスクの間をぬけて、制作の部屋を出ていった。

# CM稼業

# 1

ドアをあけて、社長の大川隆造《おおかわりゅうぞう》がはいってきた。彼は、顔を紅潮させ、興奮をおさえきれない足どりで、滝《たき》の所へやってくると、

「ちょっと来てくれ、滝くん」

「これが終ったら行く」

滝正樹《まさき》は、レシーバーを耳に当てたまま言った。彼は明日、広告代理店に引き渡す試聴用テープの編集をやっていた。それは、ある自動車メーカーのCMソングの試作品だった。昨日、深夜までかかって録音を終えたものである。

「今すぐや。そんなもん後でええやないか」

大川は激してくると、関西の語調が出た。

五年前に上京して、滝と共に仕事を始めるまでは、大阪の広告代理店の営業マンだった男である。現在は、CM音楽専門の制作会社、創音《そうおん》プロの代表として、広告業界でもかなり名の通った存在だった。昭和六年生まれで、滝より二つほど若い。

「何だい、いったい」

録音機のスイッチを切り、テープを箱に納めると、滝は目をあげてきいだ。「重要

な話かね？」

「そや」

大川は、ちらと周囲の社員たちに視線をやると、

「とにかく来てくれ。二人で話そう」

滝はテープを紙袋にしまい、机の上にのせた。隣の部屋へ行きかけて、窓ごしに外を眺めた。空は牡蠣《かき》色に濁《にご》っていた。目の下の舗道《ほどう》を、車と人間がひしめきあって流れている。ビルの六階の窓まで、路面電車の軌道音が響いてきた。銀座《ぎんざ》の街には、重苦しい夕暮れの気配があった。滝はそれを見ていた。

「滝くん」

「——いま行く」

制作室と薄い壁で仕切ってある隣室には、タイピストの西沢洋子《にしざわようこ》と、計理士の田島《たじま》がいた。大川は壁際のソファーに引っくり返って、煙草を吸っていた。彼は、はいってきた滝を見て、煙草を床に投げ、靴で踏みつぶして、

「見事に一杯くったよ、Ｑ製薬の黒田《くろだ》にな」

大川は吐きだすように言った。「どうも最初から様子が変だと思ってたんだが」

「例の件、キャンセルでも食ったのか」

「そうじゃない」

「じゃ、なんだ」

大川は立ちあがって腕を組んだ。そして、滝の顔から目をそらせて喋りだした。

「今日、貸スタジオの録音技師《ミキサー》にきいたんだがね。CMセンターの連中、今度Q製薬のコマソンを作ると言ってるそうだ」

「CMセンターが?」

「うむ。おかしいと思ったんで、代理店に当ってみた。そしたら、全く同じ内容でCMセンターにも発注が行ってるらしい。試聴日《オーディション》まで同じ日さ」

「――なるほど。競作という手か」

「そういうわけだ。畜生め」

大川は煙草をくわえて、ライターを鳴らした。ライターの火は、なかなか点《つ》かなかった。

滝正樹は、掌で顔をこすった。顔の脂《あぶら》が浮いて気持が悪かった。昨夜は、徹夜に近い録音をやっている。今朝は八時にスタジオにはいったのだ。

「汚い手を使いやがる」

と、大川は煙草を指でへし折りながら、唸った。「どうする?」

「それは、あんたが決める事だろう」

大川は滝の肩をこづいて、

「冷い事を言うなよ。考えてみてくれ」

「おれにまかせるかい？」

と、滝がきいた。

「どうする気だ」

「Q製薬に乗りこんで行って、あの黒田とか言う部長と話してみる」

「お前さんの手に負える男じゃないぜ」

「じゃ、黙って競作を受ける気かね。創音プロの方針として、そういう話は断る事になっていたんじゃないのか」

大川は、腕組みしたまま、せまい部屋の中を歩き回った。タイピストも、計理士も、黙って背中で様子をうかがっていた。時計が六時を打った。

「よし」

と、大川は呟いた。「やってみろ。もし相手がぐずぐずいったら、その時は——」

「降りていいんだな、この仕事を」

「——いや。やっぱりそうはいかんな。話が通らなかったら帰ってくるさ。後はおれが話をつけよう」

滝はうなずいて、煙草を一本くれ、と大川に言った。彼は明日にでもQ製薬に乗り込んでみようと考えていた。彼らの事務所にとって最大のスポンサーであるだけでなく、それはわが国の広告業界全部に影響力をもつ巨大な企業だった。そのQ製薬の黒田宣伝部長に会って、どう話をきり出すか？

滝正樹は、煙草の煙をじっとみつめて、その男の顔を思い浮べようとした。だが、だめだった。目の前にちらつくのは、Q製薬の巨大な商標だけだった。

〈たかがコマソンじゃないか〉

と、彼は考えた。すると不意に鉛《なまり》の板のような疲労感が、肩にのしかかってきた。

## 2

その話が彼らの所へ来たのは、二週間ほど前の事である。

広告代理店を通じて、その仕事の依頼を受けたのは、社長の大川隆造だった。社長といっても全社員十五名ほどの世帯である。大川自身が、いわば営業のチーフのような形で動いていたのだ。滝の場合もそうだった。長く勤めていたラジオ局をやめて、大川と共同経営で創音プロを始めてから、あわただしい日々が続いている。肩書きは、制作部長となっていたが、実際には、スタッフの中心になって働かなければならない。

大川と、滝は、以前、番組担当の営業部員と制作者という立場で知り合っていた。大川のほうは、押しとスタミナが売り物の熱血型だったし、滝はその反対のタイプだった。だが奇妙にうまが合った。現状に満足していない雰囲気を、お互いに暗黙のうちに感じとっていたせいかも知れない。

五年前に二人は同時に勤務先を退いた。そして、わずかな資金と機材を持って上京し、共同でＣＭソング制作の仕事を始めたのだった。

「いま思い出すと、あれは冒険やったなあ」と、酒が回ると大川は首を振って滝に言った。その頃の苦労を、笑い話として銀座の女たちに語る事ができる所まで、彼らはきていた。

「お互いに良く働いたもんだよ」

働いたのは当時だけではなかった。現在もそうだった。高い敷金を工面《くめん》して銀座のビルに事務所を構えて以来、ずっと働き続けている。大川も滝も、ほとんど休日というものを取っていない。スタジオから引揚げるのは、連日、深夜の二時、三時という有様だった。

しかし、最初、全社員三人でスタートしたCMソング制作会社は、順調に発展して行った。現在では、創音プロといえば、シンギング・コマーシャル専門のメーカーとして、広告業界で一、二を争う実績をあげている。

一流企業のCMソングや、企業ソングのヒットも少なくなかった。カンヌの国際CMコンクールで入賞したのも、つい昨年の事だ。

地方の興行師然としたダミ声の大川と、一見、英国紳士ふうの無口な滝とは、対照的な組み合わせだった。大川は制作の仕事には、いっさい立ち入らなかった。滝もスポンサーや代理店関係者の前では、大川を立てて接している。二人の関係がうまく行っている限り、仕事は今後も順調に伸びて行くだろう。

だが最近、滝は、大川との間に、かすかな違和感をおぼえる瞬間があった。

〈たぶん、おれのほうがおかしいのだろう〉

と、滝は思う。仕事の好調さとは裏腹に、彼の内部には澱《おり》のような空しさが沈澱しはじめていた。

今度のQ製薬の場合も、そうだ。代理店を通じてその話があったとき、大川は受話器を叩きつけるようにしておくと、大声で、

「やったぞ！」

と、叫んで立ちあがった。それから、部屋を歩き回りながら、噴きあげるように哄笑した。

「どうした？」

と、そのとき部屋にいた滝がきいた。

「いや。おれの見通しが当っただけだよ」

大川はそう言って自分でうなずくと、

「ついにQ製薬が来たぞ」

「ほう。本当かね」

「ああ。今年の夏は、新発売の総合ビタミン薬で大キャンペーンをやるそうだ。Q社はじまって以来の宣伝費を投入すると言っている。集中スポットも、これ一本にしぼるらしい。あの傲慢《ごうまん》な広告主が、ついにおれたちの所に頭を下げて発注してきたんだ」

大川は、あから顔をいっそう紅潮させ、クックックッと鳥が鳴くような笑い声を立てた。

三年前の夏、彼はQ製薬に創音プロの仕事を売りこもうとして、門前払いを食っている。その時の無念さを、彼はじっと記憶の暗い部分に抱きしめていたのだろう。それだけに大川は、その仕事が痛快でたまらないらしかった。彼にしてはめずらしく、滝にいろいろと制作プランをただしたりした。

滝にとっても、それは相当な仕事だった。Q製薬は、わが国では目下有数の広告主だ。しかも、戦後最大のCMキャンペーンを計画しているという。電波媒体を銃身とすれば、CMソングは実弾にあたる。その制作を担当する事は、CMマンとしては、充分やり甲斐のある仕事といえた。

だが、滝は、なぜか大川のように有頂天になれない自分を感じていた。まだ、Q製薬の作品に関する具体的な企画に取りかかっていないのも、そのためだ。

〈いつものペースでやればいい〉

と、彼は思っていた。少なくともCMソング制作という分野では、おれは最も実績のある制作者だという自信が、彼にはある。それは、いわれのない自己過信ではないだろう。

創音プロの滝、といえば、広告業界以外でも、かなり知られた名前だった。関西のラジオ局でプロデューサーをやっていた時代は、芸術祭男として鳴らしたものだ。彼が局をやめてCM制作に飛び込んだ時も、ジャーナリズムの話題になっている。

そして、その後の五年間で、滝正樹はヒット・メーカーとして独特の地位をCMの世界に獲得していた。

いくぶん猫背で、めったに笑顔を見せない長身の滝を、放送タレントや宣伝マンたちは一種の畏敬《いけい》の眼差しで見送るのだった。彼は痩せた体を仕立てのいい洋服に包んで、少し首をかしげるようにスタジオの廊下を歩いて行く。調整室にはいると、録音室内の空気がぴりっと引きしまった。

上衣を脱ぎ、片手でネクタイをゆるめ、録音技師の横の席に、椅子を逆さにしてまたがり、頬杖《ほおづえ》をつく。そんな滝のポーズを、寸分ちがわず真似ようとする若いＣＭマンたちもいた。彼らにとって、滝正樹は、歴史の新しいこの世界の、輝かしい英雄の一人だった。

録音のやりかたに横から口を出した大スポンサーの重役を、滝が一喝して謝らせたエピソードは、彼らの伝説になっていた。

「あれが創音プロの滝だ」

背後で囁かれるそんな言葉を、滝自身は少しも誇らしく感じてはいない。

〈つまらぬ事だ〉

と、彼は思う。一世を風靡《ふうび》するＣＭソングを作ること、それが一体なんだろう、と彼は考える。それは虚業だ、といった思いが意識のどこかに最初からあった。彼の存在が大きくなるにつれて、その思いも次第に大きな空洞となってきていた。

Q製薬からの依頼がきたのは、ちょうどそんな時期だった。

## 3

その日は、春先の強い風が吹いていた。

滝は会社の車を、日本橋《にほんばし》のQ製薬本社に向けて走らせていた。

「今度は大きな仕事をなさるんだそうですな」

と、年配のお抱え運転手が話しかけた。

「さあ。まだはっきりわからんがね」

「社長は随分と張り切っておられるようですね」

「そうかい」

「最近、お供をすると、その話ばっかりで」

「やるかどうか、これから決めるんだよ」

「何といってもQ製薬といえば、超一流ですもんねえ」

「そこを曲ってくれないか」

「はい」

Q製薬の本社は、古風な堂々たるビルだった。戦前からの建物で、灰色にくすんではいたが、ガラスや金属のビルの間で、ひときわ威圧的にそびえている。

「宣伝部長の黒田さんに」

と、滝は受付の女の子に言った。

「お約束でございましょうか」

「そうです」

五分ほど待って、滝は二階の個室に通された。女事務員がお茶を運んできた。そこで、また十五分ほど待たされた。滝は立ちあがって、窓から外を眺めた。

〈黒田というのは、どんな男だろう〉

と、彼は風の唸りを聞きながら考えた。

黒田郷介《ごうすけ》といえば、強引な宣伝で有名な男である。戦後、一時期なんとなく影が薄くなったQ製薬を、この数年でふたたび業界のトップに押しあげたのは、宣伝の成功だと言われていた。電波媒体偏重と見られるほど強力な集中スポットで、Q製薬はイメージの転換に成功したのだった。

社長の甥で、米国に留学して社会心理学を専攻した男だという。

滝は、黒田郷介という宣伝部長のイメージを、あれこれ考えた。縁なしの眼鏡をか

けた、唇の薄い秀才型のエリートを彼は頭の中に作りあげた。だが、それは違ってい
た。

「お待たせしました」

ドアをあけて、貧相な小男が飛びこんできた。「あなたが創音プロの滝さんで？」

滝は、あっけにとられて目の前の中年男を眺めた。形の崩れた紺の背広を引っかけて、膝《ひざ》の抜けたズボンをひきずった男だ。ネクタイはねじれて首の下にぶら下っていた。肩から襟にかけて、まっ白くふけが散っている。額のせまい、猿に似た顔をしていた。甲高《かんだか》い声で、せかせかした調子の喋り方だ。

「おたくの大川さんには参りましたなあ。とにかく関西流の粘っこい商売をなさる。滝さん、古いお友達だそうですな」

おい、お茶！　とインターフォンに向って叫ぶと、その男は滝の前に膝を拡げて腰をおろし、奇妙な手つきで名刺を滝の前に差しだした。

Q製薬宣伝部長・黒田郷介。

「今日は、どんなお話で？」

滝は、しばらく黙っていた。それから、余計な話を抜かして、言いたいと思ってきた事を口に出した。

「おたくではCMセンターにも、制作の依頼をなさったそうですな」

「ああ。その事でね。なるほど」

「大川のうかがった話では、一切を創音プロにまかせるから良いものを作れと――」

「ええ、その通りですとも」

「では、どうしてCMセンターにも発注なさったんです。試聴版《オーディション》の段階で、どっちか出来の良い方を選ぶというのなら、最初から競作だとはっきり念を押して戴きたいですね。私はまた、うちのこれまでの仕事を見た上で、私のほうへ依頼なさったのかと思ってました」

黒田部長は、大げさに頭をかいて見せると、甲高い声で喋りだした。

「いやあ、これは当方の失敗でしたな。申訳ない。こっそり両天びんをかけようなんて気はなかったんですよ。後からCMセンターさんのほうで、ぜひと言ってこられたもんでね。まあ、一応やって見てごらんなさいとお答えしておいたんですわ。つまり、何ですな。滝さんとしては、競作はいやだと、そういうことですね」

「ええ」

黒田部長は、ちらとすくうように滝の目を見た。軽い苦笑がその頬に浮んだ。

「なるほど。噂には聞いてましたが、なかなか強腰ですなあ、あんたは」

滝はその声の背後に、この小男が背負っている巨大なQ製薬の商標を見たような気がした。黒田部長の目には、滝が、肩ひじ怒らせて突っかかってくる職人気質の世間知らずに映ったのだろう。黒田部長は、からかうような口調で続けた。

「それでは、もしうちがどうしても競作で行くと言ったらどうします？」

「このお仕事を辞退させていただくつもりでいますが」

「ほう」

黒田部長は、首をふってうなずいた。「そんな事を言っていいんですか？　Q製薬を蹴るという事がどういう事か、おわかりになってるんでしょうね」

「わかっていますよ」

滝の頭の隅が、しんと冷くなった。彼は薄笑いを浮べてこちらを見ている小男を、静かに見返して言った。

「どうやら、今回はご縁がなかったようですな。そろそろ失礼しましょう」

「怒っちゃいけません、滝さん」

と、黒田部長は不意に厳しい顔になって言った。「あなたに、そこまで言わせるものは何だろうと考えている所です。たぶん、そいつは、あなたの、仕事に対する自信なんでしょうな。本当に良いものを作りたきゃ、おれに頼め。それが不安ならよそでやればいい。試聴版を内緒で二社に作らせて、良い方を選ぼうなどと小細工を弄《ろう》する相手と、仕事なんかできるもんか――。たぶん、そんなふうに思ってらっしゃるんでしょうな」

「…………」

「わかりました。じゃあ、こうしましょう。CMセンターのほうは、正式に断ります。そして改めて創音プロ一本でお願いしましょう。それでどうです？」

「ええ」

「ありがたい。では、よろしく頼みますよ。ただし、ひとつだけ条件があります。今度のキャンペーンは、戦後の広告史に残るほどの大がかりなものになるでしょう。私はこいつに、賭けてるんです。失敗したら社をやめるとたんかを切って通した企画ですからね。ですから――」

黒田部長の貧相な顔が、急に引きしまった。滝はその時、はじめて目の前の小男に一種の威圧感をおぼえた。

「ぜひとも良い作品を作って欲しい。それが条件です」

「やってみましょう」

「ひとつ、これまでになかった新しい傑作を出して下さい。その代り、制作費はいくら使って下さってもいい。滝さん、ひとつ私を助けると思って、やってみてくれませんか。そのかわり、私はそのコマソンを日本人全部に覚えさせてやりますよ。それを作れるのは、あなた以外にはいない。お願いします」

黒田部長は、膝の抜けたズボンの上に両手をそろえて、頭を下げた。

〈そんな手に乗ってたまるか〉

と、滝は頭の中で呟いた。〈おだてて人を使おうったって、そうは行かない〉

だが、そう思いながらも、滝はこの仕事に急速度にのめり込んで行く自分を感じていた。目の前にいる小男の演技にしてやられたのだ、とは思わなかった。大きな仕事を、自由に金を使ってやれる機会はそうざらにあるものではない。それは制作マンとしての本能のようなものだ。体の奥に熱い潮が満ちてくるような感覚があった。この数年来、なかった事だった。滝はその仕事に取り組む事で、最近しだいに大きくなってきた自分の中の空洞を埋めようとしていたのかも知れない。

彼はその日、黒田部長と、銀座の酒場の話などを少しして別れた。風は夕方ちかくになっておさまり、夜、雨が降った。四月にはいったばかりの、うすら寒い一日だった。

# 4

社長の大川は、滝の報告を受けてほっとした様子だった。

「何といっても、お前さんがやる気になってくれんことには話にならんからな」と、彼は言った。「ようし、広告業界全部を、あっと言わせてやるぞ。滝やん、たのむぜえ」

「ああ。そのかわり制作費は自由に使わせてもらうからな」

「まかしとき。今度の仕事は欲得ぬきや」

大川は最近めっきり肥満した体を、弾ませるように笑い声をたてた。

滝は、まず詞句《ヴァース》の決定から手をつけた。普通の場合だと、作詞者、作曲者、歌い手を先に決定し、そこから準備を進めるのだが、今度は違った。

滝は、まずディレクターの小森《こもり》を、この仕事の助手《アシスタント》に選んだ。小森は音楽大学を出た青年で、三年前に創音プロにはいっていた。すでに一本立ちの制作マンとして、信頼できる男だった。音楽にくわしく、当世の若ものらしいモダーンな感覚もある。細おもての手足の伸びた青年で、とてもお洒落《しやれ》な男だった。日本人が着ると、にやけ勝ちなラピドスの背広などを瀟洒《しようしや》に着こなして出社したりした。

滝は小森青年にディレクターの仕事をやらせ、自分はプロデュースを中心に動く計画をたてたのである。こんな事は、これまでにない事だった。滝は、それだけ本腰を入れて取り組もうとしていたのだ。

「作詞は誰かね」

と、大川は気遣わしげな顔でたずねた。「それに作曲は？　歌い手はどうするんだ」

「まかせてくれ。悪いようにはせんさ」

「そりゃあ、ご信頼申しあげてるがね」

滝は、小森青年に、数人の作詞者《ライター》の名前をあげ、一日ずつ日をずらして事務所へ呼ぶように言った。

最初に現れたのは、あるレコード会社の専属で、童謡や子供の番組などを書いている木島《きじま》だった。木島は、童謡などを書くようには見えない大男で、無骨な文学青年だ。彼の作詞料は、一曲七千円前後である。創音プロに出入りしているアーチストの中では、A級のライターだった。滝は、彼の無器用でごつごつした詞《ヴァース》の面白さを認めていた。

木島は月曜の午後、汗をふきながら階段を上ってきた。エレベーターが怖い大男なのである。

「ごぶさたしました」

と、彼は滝の前に腰を折って最敬礼をしながら言った。「最近、ちょっとＮＨＫの幼児番組を手伝ってるもんですから」

滝は彼に、今週の後半、体が明けられるかどうかをたずねた。何とかなる、と木島は答えた。

「でも、一体なんです？」

「Ｑ製薬の工場へ三、四日行ってもらいたいんだが。どうかね」

「行けとおっしゃるんなら行きますが――」

木島は首をひねって、滝を見た。

「これは仕事だ。君にとってもマイナスにはならんさ。おれにまかせて、行ってこないか」

滝は前日に準備しておいた紹介状を木島に渡し、Ｑ製薬の本社に電話でその旨を伝えた。

木島は、けげんそうな顔で、また階段を降りて行った。

翌日、ある私立大学の学生が滝を訪ねてきた。アルバイトにラジオ局のディスク・ジョッキーの台本書きをやっている学生で、木島とは正反対の器用な男だった。彼は、昨年の春から、創音プロのライター・グループの研究生として加入し、何曲かCMソングを書いている。彼も、小森に連絡させた作詞者の一人だった。

彼は、滝に言われてQ製薬のセールスマンに同行して、四、五日地方都市へ出かけることになった。

滝は、もう一人のライターを事務所に呼んだ。それはある雑誌社の編集記者で、ペンネームを使って作詞の仕事をしている男だった。

滝は彼に、Q製薬が新たに発売を予定している総合ビタミン製品について、出来る限りの取材を行うように命じた。

この三人が、滝の選んだ作詞者候補たちだった。滝は、Q製薬の黒田部長が企《たくら》んだと同じ手を使う事に決めたのである。

一週間後に、最初の作詞者、木島がQ製薬工場から帰ってきた。彼は階段をかけ上るようにして事務所に現れた。

「やあ、帰ってきたな」

「えらい目に会いましたよ」

木島は、愉快そうに笑って言った。「何しろ、まるで臨時従業員あつかいですからね、四日たっぷり働かされましたよ」

「それで、印象はどうだった？」

「何だか知らないけど、面白かったな、でっかいスコップでビタミン剤の山をすくったりしてね。寮の飯も、まあまあという所でした」

「そいつはよかった」

滝は、その大男の作詞者を喫茶店に連れて行った。コーヒーを頼むと、彼は言った。

「あんたには、これまで随分いろいろ書いてもらったな」

「ええ、お陰さまで、何しろ、童謡を書いてるだけじゃ仲々食えませんからね。こっちで稼がせてもらって大助かりですよ」

「実はあんたに頼みたい作詞があるんだ。作詞料は五万円払う」

大男の作詞者は、あわててこぼしたコーヒーをぬぐった。五万円というギャラは、貧しい童謡詩人にとって、大変な金額に思われたのだろう。

「なんですか、ものは？」

「ビタミン薬のＣＭソングさ。Ｑ製薬のな」

「Ｑ製薬？　なるほどねえ」

「工場に行ってもらったのは、そのためさ」

　ＣＭソング制作者の危険は、次から次へと無数の商品に接する事にある、と滝は思っていた。今日はＫ社のチョコレートのＣＭを書き、明日はその競争会社の製品のコピーを作る。そこには、作者の心情の参加というものがない。

　流行歌にせよ、ＴＶ主題歌にせよ、一応そこには、作者の感情が流れている。だが、ＣＭソングには、それが欠けていた。ＣＭを書く作者は、少なくともその社に一時的にでも惹かれるものがあるべきだろう。滝はそう考えていた。

「だから工場へ行ってもらったんだ。たとえ詞の部分に具体的に反映するものなんか皆無でもいい。少なくとも、現在きみは他の薬品会社よりはＱ社に親密感を持ってるはずだ。良かれ悪しかれ、そいつが生きるのさ」

「なるほど――」

　滝は、相手に今度の仕事の意味を簡単に説明した。

　その作品を核に、戦後最大の規模のキャンペーンが展開されるだろうこと。

　Ｑ製薬の黒田宣伝部長が、その職を賭《か》けて企画したプランであること。

　創音プロにとっても、これまでで最も大がかりな制作になるだろうこと。

　そして、滝自身が、この仕事に最近になく本気で取り組もうとしていること。

　大男の素直な童謡詩人は、子供のようにうなずきながら滝の話を聞いていた。彼の目が次第に強く輝きはじめるのを、滝は見た。この男は、本気でこの仕事に打ち込むだろう、と滝は計算していた。それが彼の狙いだったのである。

その後、滝は、残りの二人にも同じような話をして聞かせた。本来なら名の通ったプロ詩人を起用すべきだが、自分は君の才能を高く買っている、だから君と心中する積りでこの仕事を頼むのだ、とつけ加えた。二人とも彼の狙った通り、ひどく感激して滝に礼を言った。彼ら三人の候補者たちは、それぞれ、自分だけが選ばれて信頼を受けたのだと信じこんでいた。滝は、そのことでかなり心が重かった。しかし、何とかして今度の仕事を成功させたい、という欲望が彼の気持を麻痺《まひ》させていた。仕事に関する限り、ラジオ局時代からそうなのだ。徹底的に非情な仕事ぶりが、かつて彼に芸術祭賞を取らせたのだろう。

いま、滝正樹は、これまでのどの作品よりも優れたCMソングを作ろうという、奇妙な執念にとりつかれた男だった。

## 5

作詞の依頼と平行して、彼は歌手の選定に頭をしぼっていた。

Q製薬のほうでは、目下売り出し中のフォーク歌手はどうか、などと言ってきたが、滝は賛成しなかった。

彼は数人の歌手をテストしたが、いずれも満足できなかった。自分のほうから売り込んでくるタレントもいた。それは当然だったろう。もし、Q製薬のCMソングを歌うことになれば、ラジオやテレビに常時出演以上のデモンストレイションになるはずだ。無名の歌い手が、一躍クローズアップされる可能性もある。

だが、滝はまだ決定できないでいた。もう一つ、何かが欠けているのだ。それは、言うならば、そのタレントの生きている事への愛情のようなものだ。それを声の背後にもっていない歌い手では、駄目だと思う。たかがコマソングらい、と軽く見る人々も多い。しかし、わずか数秒のスポットといえども、それはやはり人間の歌だった。それが人々の心を、ことに子供や母親の心を捕えるには、正確な音程やリズム感の外に何かが必要なのだ。滝はそう信じていた。

五月にはいった月曜の午後、彼は事務所のテレビを見るともなしに眺めていた。それは東洋《とうよう》テレビの子供の番組で、もう数年も続いている人間と動物のミュージカルだった。

〈おや？〉

と、滝は思った。狼の娘になった歌い手の声に、彼は自分が今さがしている声を聞いたような気がしたからだ。

「あれは誰かね？」

と、彼はタイピストにたずねた。

「あら、いやだ」

若いタイピストは、おかしそうに笑いながら、テレビの画面を指さして、

「いくら狼のお面をつけてたって、声を聞けばわかるはずよ。ほら、水木《みずき》ミチルさんじゃないの。滝さんって、随分冷いのね」

「ミチルだって？」

「そうよ。彼女、いまCMのお仕事ぜんぜんないでしょ。この子供番組で狼になって出てるだけですって、なんだか経済的にもかなり苦しいらしいわ」

「彼女の住所がわかるかね」

「ええ」

タイピストが手帳をめくっている間、滝は複雑な感慨をもってテレビの画面を眺めていた。そこで歌っているのは、確にあの水木ミチルだった。狼の面をつけ、子供を追ってとび跳ねながら歌っている。

水木ミチルは二年ほど前まで、滝がよく使った歌い手だった。正確なリズム感と、

明るい声、それに広い音域をもっていて、実に便利な存在だった。コミカルなセリフ回しなど彼女の独壇場《どくだんじょう》だった。当時は大変な売れっ子で、スケジュールの調整に泣かされたものだ。

一時はコマソンの女王などと、ジャーナリズムの話題になったこともある。しかし、当時のミチルの歌は、器用さが先に立っていて滝にはもう一つ感心できない所があった。だが、いま画面で歌っている彼女は、二年前のあの軽快なだけのタレントではなかった。

ミチルの声そのものには、かつての金管楽器を思わせる輝きや張りは失われている。だが、声でなく、歌は生きていた。滝が探していた、あの人間的な強い感情、生活への確信を感じさせる何かがあった。

滝は住所のメモを受取ると、時計を眺めた。三時だった。彼は上衣を着ると、事務所を出て車を走らせた。あの番組はたしかVTRだった。週一本の番組だから、ひょっとすると今の時間は家にいるかも知れないと考えたのである。

水木ミチルの家は、新宿に近いアパートの密集した一画にあった。それは、家というより、木工所の二階だった。モーターの騒音の中で、どこからかレコードの流行歌がきこえていた。

木工所の横から二階への階段があった。滝はそこを上り、ドアを軽くノックした。中から女の返事が返ってきた。

〈ミチルだな〉

と滝は思った。尻上りの気さくな声。よく深夜のスタジオでお茶を頼むと、あんな調子で返事をして駆けて行ったものだ。

ドアがあいた。スラックスをはき、スウェーターを着たミチルがそこにいた。彼女は片手にむきかけのジャガイモを持ち、マーケットの女店員のように見えた。

「滝さん――」

ミチルが後ずさりして、泣き笑いのような表情を見せた。「ひどいわ。こんな所に訪ねてくるなんて」

「済まん。悪いとは思ったんだが、急な用事があったんでね」

「あがってもらいたいところだけど――」

と、ミチルが振り返って呟いた。

「いや、ここで失礼するよ。用件だけ伝えておこう。二、三日うちに一度事務所へ顔を出してもらえないか。オーディションをやってみてほしいんだ」

「オーディション？　なんのために？　わたしはもうコマソンは歌ってないのよ」

「今度やるQ製薬の仕事を君にたのみたいんだ。君の歌をさっきテレビで聞いて駆けつけてきたんだ。君をもう一度つかいたいんだが」

「まあ」

ミチルの顔に、さっと明るいよろこびの色が走った。だが、すぐに彼女はさっきの苦しげな表情にもどった。

「あたしはもう駄目よ。声も落ちたし、それにだいいち人気というものがないわ、いま出ている番組、あれ一本が私の仕事よ。それも、あのひとのお友達が演出を担当してて使ってくださってるの。お情けよ」

彼女は実際には二十五歳位だろう。だが、いま薄暗い木工所の二階で見ていると、三十代の半ばを過ぎた中年女のように見えた。

「まあいい。とにかく、このおれが歌ってくれと依頼にきたんだ。考えてくれ。三日間だけ待とう。決心がついたら事務所に電話をくれないか」

ミチルは黙って、小さくうなずいた。滝は手をあげて階段を降りて行った。途中まで降りて、振り返ると、午後の西日の中にミチルが現れて、こちらを見おろしていた。滝は、もう一度手を振って、待たせておいた車に乗り込んだ。

「あれ、水木ミチルじゃないですか」

と、お喋り好きなお抱え運転手が言った。

「ああ」

「人間の運勢ってのは、わからんもんだねえ。え？　何年か前までは大した売れっ子だったのに」

運転手は大きくハンドルを切って細い路地を抜けながら、親指を立てて、

「あの子、どうしたんです？　これは――」

「さあ」

くわしい事情は滝も知らない。だが、ミチルが二年前に起こした事件では、彼も被害者の一人だった。

一昨年の夏、水木ミチルが突然、失踪して大騒ぎになった。彼女はその二枚目半的なキャラクターが重宝がられて、いくつもの仕事を抱えていた。映画、テレビ、ラジオ、それにレコードや実演、創音プロの録音もはいっていた。そのミチルが不意に何の連絡もなく姿を消したので大騒ぎになった。

二週間後に彼女は北海道で発見され、連れもどされた。彼女は男と一緒だった。その男との恋愛をプロダクション側で阻止しようとしたため、二人が逃げ出したわけだった。男には妻子がいた。プロダクション側では、あらゆる手段をつくしてその男の

存在をマスコミから隠した。そのために、事件は単なるタレントの逃避行という事で納まった。

だが、問題は別な所にあった。これまで度々、タレント側のルーズな仕事ぶりに腹を立てていた制作の側が、一斉にミチルにそっぽを向いたのだ。ディレクターたちの間での暗黙の共同戦線が張られ、彼女は仕事がほとんど来なくなった。なかば自棄的になっていたミチルは、その後、プロダクション側とも対立して飛び出した。それが命とりだった。わずかに続いた仕事も、プロダクションからの妨害で完全にとだえてしまったのだ。水木ミチルが、人々の視界から消え去ってしまったのは、その年の秋の終り頃だった。

「あの子を使うんですか？」

と、運転手がきいた。

「いや。まだわからんな」

滝は答えて、目をつぶった。よく考えてみると、昨夜は詞《ヴアース》の決定のため、朝方まで事務所にいたのだ。眠いのも当然だろう。

## 6

　歌詞は彼の手もとに十数篇そろっていた。三人にそれぞれＡＢＣ案と三通りずつ出させたのだ。そのほか、彼自身が書いた歌詞も二つほどあった。スポンサー側に選ばせる際の参考資料のつもりだった。

　集った歌詞は、どれも似たようなものばかりで、滝を失望させた。

　童謡詩人の木島の作品に、彼は期待していた。だが、彼の書いた詞は、ＡＢＣ案とも変に生真面目《き》で、ユーモアがなかった。後の二人は、それぞれ趣向はこらしてあるものの、もうひとつキラリと光るものに欠けていた。

〈これだったら、おれが書いた奴が一番まともじゃないか〉

　彼の不安は、Ｑ製薬の黒田部長や、大川、それに作曲家の花井《はない》などをまじえて、歌詞を検討した際に適中した。

「この中じゃ、これでしょうな」

　黒田部長が指さしたのは、木島のでも、大学生のでもなかった。雑誌記者の作品でもなかった。それは、滝自身が変化をつけるために挿入しておいた自作詞だった。

「さあ。それよりはこちらのほうが――」

「いや。絶対これだな」

　その日、黒田部長は最後まで自説を通して曲げなかった。もし、木島や、他の二人の歌詞が優れていると思えば、滝も引き下りはしなかっただろう。しかし、客観的に見て、やはり自分の書いた歌詞のほうが、後の三人よりましなような気がした。

〈妙なことになった〉

と、彼は首をひねった。結局、Q製薬の社内の討論でも、滝の作品が支持されたのである。あの三人にどう説明しようか、と滝は社長の大川に相談した。大川の答は明快だった。

「規定のキャンセル料を払うさ。それだけでも良心的すぎる位だろう」

大川は、滝の考えていることなど全く問題にしていないように見えた。

水木ミチルが滝を訪ねて事務所にやってきたのは、約束の三日目の午後だった。彼女は、白っぽいツーピースに高いヒールの靴をはき、頭もうまくセットして先日とは見ちがえるようにすっきりしてやってきた。

どちらかといえば小柄なほうで、脚もまず見られた。こうして手入れをしてくると、まだまだ充分に使えそうだった。まくれ上ったような可愛い上唇も、昔のままだ。

その日、滝はミチルを連れてスタジオへ行き、一、二曲歌わせてみた。良い調子だった。うるさがたの録音技師《ミキサー》が、ほう、と感心したような顔をした。声のつやや、パンチは多少落ちていたが、フィーリングは、はるかに今のほうがあった。それに、この半年ほど子供向けの番組で歌っていたせいか、声に人なつっこい、良い味が出ていた。

いわゆるハードな現代ふうのCMソングでなく、初期の素朴な童謡調を復活させてみようという滝の狙いに、ぴったりの声だった。

ミチル自身も、テストをくり返しているうちに、次第に心が定まってきたようだった。

「わたしにやらせてください」

帰りぎわにミチルは、まっすぐ滝の顔をみつめて言った。目がキラキラ光っていた。

〈よし。これで行こう〉

その目の強い輝きを見たとき、滝はそう決めたのだった。

作曲の花井雄一郎《ゆういちろう》は、CMソングの世界で若手のナンバー・ワンと見られていた。国際的な賞も何度か取っている。

滝が歌詞を渡した時に、二人はほとんど夜を徹して激論をたたかわせた。滝は、現在の流行に逆行するスタイルの曲を希望し、花井がそれに反対したためである。音楽家としての花井の意見も、一応はわかる。だが、滝はCMソングに関する一つの信念のようなものを持っていた。

「コマソンは常に現状否定の精神に支えられるべきだ」

と、彼は口ぐせのように言っていた。滝には、アシスタントの小森が、いつも敏感に流行を反映させるやり方に批判的だった。

だが、そんな滝の行きかたを、古いと見る連中もいた。

「コマソンはコマソンさ。要するに流行《はや》りゃいいんだ。コマソンに主義主張をもちだすなんてナンセンスだよ」

そんな声を、滝も聞いている。それだけに自分の信じる行き方で、大ヒットを飛ばしてやろうという野心もあったのだ。

最初の試聴《オーディション》用のメロディー・テープが出来たのは、五月の末だった。滝は、そのテープを自宅に持ち帰って、一晩中あきることなくくり返して聞いた。メロディーに歌詞を合せて、口ずさんで見る。彼にはもう一つ、納得の行かない所があった。

〈明日になったら花井に電話して、話し合ってみよう〉

と彼は思った。だが、カーテンを開けてみると、すでに朝だった。徹夜でテープをいじくり回していた自分に気づいて、滝は瞬間的に激しい虚脱感を覚えた。

〈おれは一体、何のためにこんなまねをやっているんだろう?〉

と、彼は考え、もうろうとした頭の中で答を探そうとした。だが、何一つ新しい言葉を発見することはできなかった。

滝は洋服を着たまま、ベッドの中に倒れこみ、何時間か眠った。夢の中でも、試聴用テープの旋律が、くり返し現れてきた。

〈何のために? 何のために?〉

夢の中で滝は闇に向って叫んでいた。

## 7

試聴用のメロディー・テープは、Q製薬に渡された。部分的な訂正がいくつか出たが、大体のところOKが取れた。

次の仕事は、そのメロディーに歌詞をのせて、いくつかのサンプルを作ることだった。

試聴用のメロディーは、A、B、C、と三案作曲されている。そのいずれにも歌詞をつけて、録音する必要があった。

水木ミチルは、その間に一日おきくらいに事務所へ顔を出していた。彼女は、滝が彼女のアパートを訪ねた時にくらべると、見違えるほど若やいで美しくなっていた。

ABC三案の試聴用テープが出来上ったのは、六月の初旬だった。

滝には、その中の一本に、これと思うものがあった。社長の大川や、助手の小森の意見も、滝と同じだった。ミチルだけが、もう一本の方に気があるように見えた。

Q製薬の黒田部長は、そのテープを聞いておや、というような顔をした。

「この歌い手は、誰です?」

ふつう試聴用のテープは、本番の時のタレントに感じの似た、他の無名のタレントを当てて録音する場合が多い。それを知っているので黒田は、そう聞いたのだろう。

「水木ミチルですよ」

「昔の声と少し変ったようですな」

と、黒田は言った。

「しかし、なかなかいいじゃないですか」

黒田は最初、水木ミチルを引っぱり出して使おうという滝の意見に大反対だった。黒田だけでなく、誰もがミチルの起用には意外な顔をした。社長の大川や、作曲家の花井も反対だった。

「ギャラはいくらでもいいとQ製薬が言ってるんだぜ。どんなに高くてもいいから人気のある一流のタレントを使おうじゃないか」

大川は、めったに制作に関して口を出さない男だったが、この時だけは滝に反対した。それを水木ミチルで行くと決定をさせたのは、滝の自信に満ちた態度と、これまでの実績に裏づけられた信用のせいだった。

関係者の誰もが、滝の打ちこみように並々ならぬものを感じていたのだろう。

「滝が何かやるらしい」

広告業界では、誰もがそんな滝の熱中ぶりに注目していた。

「私にまかせていただけませんか」

黒田部長も、大川も、滝の言葉少なく言うその言葉に、顔を見合わせてうなずくだけだった。それだけの迫力のようなものが、今度の仕事に取り組んだ滝の身辺には感じられた。

Q製薬では、A案で行って欲しいと言ってきた。それには制作の側でも異存はなかった。仕事は波に乗って進行しているように見えた。今度ほど途中で余計なトラブルに悩まされず仕事が進行したのも、めずらしい事だった。

本番の録音は、六月の十五日に決定した。その録音が終れば数日のテープ編集の後で、作品は完成する。Q製薬の方では七月初旬からのキャンペーンを、着々と準備中だった。

水木ミチルが蒼ざめた顔で事務所へ現れたのは、その本番録音を一週間後にひかえた、月曜日の午後だった。

## 8

その日ミチルは、レモン色のワンピースに化粧なしの素顔で滝の前に現れた。ひどい顔だった。目のまわりには黒いくまができている。髪は乱れ、唇は白く乾いてひび割れていた。

「どうしたのかね、いったい」

滝は、そんなミチルを外の喫茶店に連れて行く途中、いたわるようにきいた。

〈何かあったな〉

と、彼はミチルの顔を見た瞬間に思ったのだ。だが、いきなりそれを言うと、事務所で取り乱しかねない雰囲気だった。彼は黙って席を立ち、目顔でミチルを外へ誘ったのだ。

梅雨時《つゆどき》にしてはひどく暑い日だった。冷房のきいたビルを出ると、頭がふらついた。空も、灼《や》けた舗道も、すり抜けて行く車も、みんな白っぽく乾いてよそよそしく見えた。

〈こんな日には、いやなトラブルがやってくるもんだ〉

なぜか滝はそう思った。これまで一度も問題が起きずに仕事が進行したのは、どうもふつうじゃない感じがあった。

あの黒田部長も、大川も、くせの強い芸術家肌の作曲家も、それから木島たち作詞グループの連中も、みんな滝の思うままに動いて何の問題もおきなかった。それは、ふつうではない、という気がする。スムーズすぎる仕事の進み方に、滝はひそかに無気味なものを予感していた。それが今やってきたのだろう。それに違いない。

「わたし、どうすればいいの？」

ビルの裏手の目立たない喫茶店に坐ると、ミチルは放心したような調子で呟いた。

「何があったかを、まずきかせてもらおう」

「ええ」

昨夜、東洋テレビの担当者に呼ばれて銀座で会った、とミチルは説明しだした。

「君は今度、Q製薬のコマーシャルをやるそうだな、ってその人が言うの。そうです、って答えたわ。その人は、例の私が出てる幼児番組のチーフ・プロデューサーで、私を拾って使ってくれた人よ」

滝は運ばれたコーヒーをすすりながら、ため息をついた。彼にはミチルが悩んでいるあら筋が、すぐにわかった。よくある例だ。

〈こっちから先に手を打っておくべきだった〉

と、滝は唇をかんだ。

「CMに出るのは良くない、というんだろう」

「ええ。教育的な子供の番組だし、それにスポンサーがK薬品なのよ。Q製薬のキャンペーンに乗って表面に出ることは困る、もし、あえてQ社のCMタレントになるというなら番組を降りてくれ。そんな話だったわ」

ミチルは、コーヒー茶碗の中にスプーンですくった砂糖を何ばいも入れた。彼女は放心したように一点を見て、自分が何杯の砂糖を入れたかも気づかない様子だった。

「おい、コーヒーがこぼれるぜ」

ミチルは、スプーンを床に落すと、両手を膝の上に揃えて、不意にすすりあげた。

「どっちか一つを選べというわけだな」

「ええ」

滝はしばらく考えた。東洋テレビの担当者の言うこともわかる。ライバル会社のアイドルを自社提供の番組から出すというのは、スポンサー側にとってみれば、不愉快な事にちがいない。滝自身が担当者だったとしても、やはり同じ事をタレントに言っただろう。しかし、その点に気づかなかったのは、まずかった。

「おれは考えるんだが――」

と、滝は言った。「あの番組は降りてもいいんじゃないだろうか」

「なぜ？」

幼児向けの教育番組の一つや二つ、降ろされたところで気にすることはないだろう。いま開始されようとしているQ製薬のキャンペーンが成功すれば、水木ミチルは充分カムバックできるはずだ。

「Q製薬だって番組は何本も持ってるんだぜ。K薬品からそんな事情で降ろされたと言えば、黒田部長だって黙っちゃいまい。おれの方からも新しい番組を紹介するよ。東洋テレビの方は降りるんだな」

「でも――」

水木ミチルは、不意にきっと目をあげて滝を見て言った。「あたし、あの番組が好きなんです。愛してるなんて言うとキザだけど、本当はそうなの。わたしに一本のお仕事もなくて死にたいと思ってた時、あの番組に拾ってもらったんだわ。その時は、こんな子供番組、と思って熱もはいらなかったけど、今はちがうの。この半年ほどの間、わたしはあの番組一本だけで世間とつながってきたのよ。あれだけが私のお仕事だったし、生活の支えだったわ。そして、長くやっているうちに、狼のお面をかぶって歌ってる時が、いちばん幸せのような気がしてきたの。売れていた頃はあんなふうに番組に生き甲斐を感じるなんてこと一度もなかったのに――」

「やめたまえ」

と滝は強い語調でミチルの話をさえぎった。

「甘ったれるんじゃない。君はタレントだ。番組は仕事だ。CMソングの制作もそうだ。好きとか愛してるとか、そんな事は君個人の問題じゃないのか。一本のCMソングが録音され、オンエアされる背後に、どれだけの人間の生活や労働がかかっていると思う。仕事は、仕事だ。それだけだ。君はそのためにギャラをもらってるんだぜ」

ミチルは黙ってうつむいたままだった。滝は言った。

「東洋テレビの番組は降りたまえ。どちらを取るか、なんて甘っちょろい段階じゃない。どっちを選ぶかは、君の勝手だ。だが、もし今ここで君がこっちの仕事を抜ければ、どうなると思う？　七月からのキャンペーンに間に合うように、新しいタレントを探し出して準備しなおさなくちゃならない。あの歌は君の個性を計算して作った曲だ。それに、タレントのスケジュールや、スタジオの都合や全部の歯車が狂いだすんだ。こっちの仕事に君を外すわけには行かんな」

「わかってます」

「もし、君がＱ製薬をけったら、黒田宣伝部長は黙っちゃいないだろう。どこからか手を回して、君をその幼児番組から引きずり降ろす位はしかねないぜ。よくある話だがね」

こんな女の子を脅迫するなんて、どうかしてる、と滝は思った。だが、ここでミチルを放すわけには行かない。

水木ミチルは、その日、地面にめり込みそうな歩きかたで帰って行った。今から東洋テレビへ行って、番組を降りると言ってくる、と彼女は言った。電話でいいじゃないか、と滝はすすめたのだが、彼女は首を振った。

「自分で行って謝ってきます。でないと気がすまないんです」

「向こうへ行って気が変らないようにするんだな。下手をすると、両方とも失くしちゃうことになるという事を忘れんように」

滝は最後にもう一度念をおして彼女と別れた。死刑宣告をするようないやな気分だった。

その晩、夜おそく滝の所へ電話がかかってきた。ミチルだった。

「どうした？」

「東洋テレビの番組、来週から他の人と交代することになりました」

「そうか。それは良かった」

電話の向こうで、変な声がした。ミチルがすすり泣いているのだと、しばらくして滝は気づいた。ここで何を言っても無駄だろうと彼は思った。自分の方から電話を切り、ベッドにもどった。ミチルに対して、ひどく大きな責任をせおったような気がした。

〈何がなんでも、今度のキャンペーンに乗せて彼女をカムバックさせてやらねば——〉

考えているうちに、目が冴えて眠れなくなった。大きな仕事に打ちこんでいる時に、よくあることだった。熱っぽい頭を冷やすために深夜の街に出て、タクシーを拾った。青山かどこかの深夜スナックで一杯やってくれば眠れるだろう。

滝は人気のない街を疾走する車の中で、じっと体をすくめていた。

〈おれは今なにをやってるのだろう？〉

しばらく姿を消していた例の空洞が、フロントグラスの前に拡がる暗い夜空の中に、ぽっかりと口を開けて見えた。

## 9

スタジオの中に滝が姿を見せると、不意にざわめきが静まった。

調整室には録音技師、サブ・ディレクターの小森、社長の大川などが顔を揃えて集っていた。営業担当の青年たちも数人いた。

滝に少しおくれて、Q製薬の一行が現れた。黒田宣伝部長は相変らず貧相な格好で、奇妙な笑い声を立てながらはいってきた。

「やあ、滝さん、ごくろうさんですな」

「どうも」

「私がくる事はないと部の連中から止められたんですが、どうも気になりましてね」

黒田は部下たちをふり返って笑い声を立てた。広報関係のカメラマンも、連れて来ていた。

ガラス窓の向こうでは、オーケストラが音を合せていた。ミチルは、今日は白いスラックスに袖なしのシャツという軽装で、まるでティーンエイジャーみたいに見えた。彼女は作曲家の花井と、ピアノの前で譜面を指さして何か喋っている。

「可愛い子じゃありませんか」

「ご紹介しましょう」

大川はミチルを呼び、親しげに肩を抱いて黒田に紹介した。

「こんど、この仕事にはいるためにK薬品の番組を全部降ろしましてね」

「ほう。それはどうも。いや、その位打ちこんで下さると、こっちでも嬉しいですよ。CMタレントというのは、そこまで徹底して欲しいもんです」

「今度、おたくの番組にも使っていただきたいですね。うちの専属タレントみたいに面倒を見ようと思ってるんです。よろしく頼みますよ」

大川は、如才なくミチルを売り込んでいた。滝が彼にそう話しておいたのである。

黒田部長は、ミチルが気に入っているように見えた。

「二、三日うちに、宣伝部のテレビ担当者の所へ顔を出してもらいましょう。こっちのキャンペーンにも、どしどし出ていただかねばならんしね」

「よろしくお願いします」

ミチルは、少女のようにはにかんで、黒田の前に精一杯チャーミングな微笑をご披露していた。滝は少し気が軽くなるのを感じた。

その日の録音は、快調に進行した。滝の気合がスタッフにも感染して、全員無駄のない仕事ぶりで飛ばした。

黒田部長は、最後まで熱心に体をのり出して録音の様子を眺めていた。滝は彼を意識せずに仕事を進めた。黒田は、自分の方から、意見を述べたりせずに、無言で滝の仕事ぶりを見ているだけだった。

「大変なもんですなあ」

と、録音が終った後で、黒田部長は滝に笑いかけた。「〇・五秒という時間の単位に生命をすりへらすようなもんだ」

「好きでなくちゃ、やれる仕事じゃないですね」

と、滝は通り一ぺんの答を返した。

「滝さん」

と、その時、黒田は下から滝の目の中をのぞきこむように見てきいた。

「あなた、本当にこんな仕事が好きなんですか？」

滝は思わず目をそらし、それからふたたび黒田の茶色に輝く目を見返して言った。

「あなたは？」

黒田はそれには答えず、不意に貝がらをすり合わせるような奇妙な声で笑うと、頭を下げて廊下へ出て行った。

〈あれは一体どういう男なんだろう〉

滝は、スタッフの引揚げてしまったスタジオに一人残って、ぼんやり煙草を吸いながら考えこんだ。

「どうしたの？」

うしろから女の声がした。ミチルだった。今日はこの間の彼女ではなかった。水夫のような横縞の木綿のシャツが、彼女を子供っぽく若がえって見せていた。

「こんなところに一人で――」

「今日はおつかれさん」

と滝はいった。「まああの出来だったな」

「最初の六十秒型ね、あれがテイク・スリーまで行った時は、気が気じゃなかったわ。部長さんも見えてたし」

「黒田部長と後で話したかね」

「ええ。Q製薬のレギュラー番組に出られるようになりそう」

「そいつはよかった」

「滝さんのお陰だわね」

ミチルは滝の上衣を取って彼の肩にかけた。

「さあ、帰りましょう」

そのしぐさは、滝にまかせ切った女のそれだった。滝はミチルと肩を並べてスタジオの廊下を歩きながら、ある予感をおぼえていた。男と女はこんなふうにして関係が出来るのだろう、と彼は考え、ミチルを眺めた。ミチルも、目をあげて滝を見た。彼女も同じことを考えているように思えた。

「外は暑いだろうな」

「そうね」

「仕事が一段落ついたら、ぶらりと旅行にでも出かけたいもんだ」

「あたしも行くわ」

二人は直射日光のさすスタジオの前から車を拾って事務所へ帰った。車の中で、ミチルは滝の腕に柔かい体を押しつけるように寄せてきた。ひどく物哀しい感じがした。ミチルも、自分も、何かにふり回されて生きているという気がした。滝は、暗い気分でミチルの肩に腕を回した。むき出しにされた二の腕の、ひんやりと冷い肌が掌に触れた。

事務所についたのは五時頃だった。タイピストの西沢洋子《にしざわようこ》は、滝と一緒に帰ってきたミチルに敵意のこもった視線を投げかけた。

「木島さんがお待ちです」

「ほう」

滝はうなずいて隣室のドアを開けた。そうだった。いずれ処理しなければならない問題が残っていたのだ。木島たち、作詞を依頼しておいた三人に事情を説明しておかねばならない。ドアを開けると、大男の木島が、ゆっくり椅子から立ち上った。

「やあ、しばらくだったな」

木島は黙っていた。デスクの前で大川が、そっぽを向いて煙草をふかしている。

「滝さん」

木島の声は変にかすれていた。「これは一体なんですか」

「なにかね」

木島は茶色の紙袋を、滝の前に差し出した。

「ぼくの歌詞は、どういうことになったんです？」

「いずれ事情を説明しようと思っていたんだが――」

と滝は茶色の紙袋を押し返して言った。「君のコピーは、おれは好きだった。今でもあれが一番いいと思っている。だが、おれたちの仕事は結局は下請けなんだよ。選択の最終的な決定権はスポンサーにあるのさ。Q製薬の黒田という部長が、あの詞を気に入らなかった。そこで彼の意見を入れて、別な詞を大至急でっちあげたんだ。時間がなかったのでね」

「それで、これを払えば済むというわけですね。キャンセル料四十パーセントを」

「それが不足やいうんかね」

大川が太い声で言った。彼の押し殺した声には一種の凄味《すごみ》があった。「詞を依頼したからいうて、それが必ず採用されるとは限らん。当り前の話や。それに対して、四割のキャンセル料を払うのは、創音プロの良心的なところや思うて欲しいな。文句があるなら、それこっちへ返して、どこなと訴えて出てみたらどや。その代り、これでうちとは縁切りや」

「そんなことじゃないです」

「じゃ、何だい」

と滝が言った。木島は滝を変に光る目で見て、唇をかんだ。

「キャンセルに対して、キャンセル料を払うのは、良心的な方だぜ。CMセンターなんか全く無視してるらしいからな。まあ、この次にまた良い仕事を回すさ」

と滝は言った。木島はそれに答えずに、茶色の袋をポケットにしまうと、黙って部屋を出て行った。

「ふん。甘ったれめが」

と、大川が言った。「仕事ちゅうもんは、厳しいもんや。な、滝くん」

そうだな、と滝は答えた。だが、彼はあの大男の童謡詩人が嫌いでなかっただけに、後味の悪い思いが残った。


滝の所へ木島が電話をかけて来たのは、その日の晩だった。話があるから、近くの神社まで来て欲しい、と彼は言った。

滝は服を着て、指定された場所へ行った。木島はおれを殴《なぐ》る気かも知れん、と彼は考えた。それならそれもいいだろうと思った。

その神社の境内《けいだい》には、三人の男がいた。木島と、学生と、雑誌記者の三人だった。彼が作詞を依頼した連中である。

「話を聞こう」

と、滝は煙草に火をつけながら言った。「もっとも大体わかっちゃいるがね」

「滝さん」

と、年長者の記者が言った。「あんた、おれたちを騙《だま》したな」

「録音された歌詞は、あなたが書いたものだそうですね。小森氏に聞きましたよ」

と、大学生が言った。「あなたは、ぼくら一人一人にうまい事を言って内緒で競作させたんだ。それはいい。でも、そのぼくらの作品の良い部分だけを拾い集めて、自分の作詞として使うというのは、どういう事ですか。キャンセル料さえ払えば文句はないだろうと、そういうわけですか」

それは誤解だ、と滝は言った。だが、考えてみると、滝が書いた決定詞稿の中には、たしかに彼らのコピーの中の文句が、いくつかあったような気もした。

「おれたちは創音プロで仕事をもらっている。だが、アーチストだ。君らの道具じゃない」

雑誌記者が言った。「おれは、あんたを殴る。アルバイトは、もうやめだ」

滝は煙草を捨てて、靴で踏み消した。あたりは街灯の光で、ぼうっと明るかった。高台にある神社の境内からは、遠く新宿の灯《あかり》が見えた。彼は不意に三人の男たちに、親しい友情のようなものを感じた。

「あんたたちに、おれが殴れるかい」

と、滝は言った。「殴れるなら、やってみろよ」

自分がめちゃめちゃになるほど殴られたい、という被虐的な欲望を彼は覚えた。殴ってくれ、と、滝は口の中で呟いた。

雑誌記者は、黙っていた。その時、何か泣き声のような叫びをあげて、木島がぶつかってきた。滝は突き倒されながら、木島の作詞料は七千円だったな、と考えた。創音プロがスポンサーに出す見積りには、確か作詞料十万円と書いてあったはずだ。そんなふうにして、三年間やってきたのだ。

頭の上に固い靴先の衝撃がきた。腹をけられないように腕を回して、彼は奇妙な快感に沈み込んで行った。

10

その月の終りのある日、滝が事務所に出ると、大川の怒声がきこえた。

「なんだい？」

と彼は小森にきいた。

「Q製薬の黒田さんと、電話でやり合っているんですよ」

小森は不安そうな声で答えた。三日前に編集したテープを渡すまで、滝と小森は、何度となく事務所に泊まったのだ。二人とも、そのテープを渡してしまうと、一日、会社を休んだ。大仕事の後は、いつもそうだった。体より、神経が参っている。

滝が入って行くと、大川は立ちあがって受話器を差し出した。

「君を出せ、と言ってる。黒田だ」

「いったいどうしたのかね」

「あの作品をキャンセルすると言うんだ」

「キャンセル――」

滝は全身が冷くなるのを感じた。

「重役たちが気に入らないんだそうだ。馬鹿な！」

滝は受話器をとりあげた。べっとりと大川の汗がにじんでいる。

「滝さんですな？」

黒田の声だった。

「あのコマソンは使いません。今朝の会議でそう決まりましたよ」

「ほう」

と滝は声が上ずるのを押えて言った。「それで？」

「キャンセル料は、おたくの規定によってお払いします。うちも痛いですが、まあ、お互いに災難だと思ってあきらめましょうや」

あの作品をキャンセルした場合、七月からのキャンペーンに差支えはないのか、と滝はたずねた。

「いや、それなんですがね。たまたまCMセンターさんが、別な奴を持ち込んで来てるんで、そっちを使うことにしようと思うんです」

滝は黙っていた。クーラーの音が、いやに高くきこえた。黒田は喋りつづけた。

「競作はお約束通りやめたんですがね。CMセンターの方で勝手にサンプルを作ったらしいんですな。それがたまたま役立ったわけでね。まあ、気を悪くしないで下さい」

ちょっと貸せ、と大川が受話器を取った。

「黒田さん。そりゃあ創音プロとしても契約書を交してるわけじゃないし、どこに訴えるわけにもいかん。ですが、これはお互いにこの世界の人間同士の信義の問題やないですか」

滝は大川を制して、電話に出た。

「黒田さん、水木ミチルの件はどうなります？」

「水木ミチル？　ああ、あの子ですか。彼女がうちのCMをやらんとなれば、情況は変ってきますな。まあ、おたくで面倒を見てやってください」

「わかりました」

滝は受話器をおき、窓の所へ行って下を眺めた。おれはこの二ヵ月、何をやったのだろう、と思った。大男の童謡詩人、木島の顔が頭にうかんだ。あの女は冷い肌をしていた、と彼は水木ミチルの事を考えた。

目の下の銀座の雑踏が不意に遠くなった。大川の声も、電話のベルの音もきこえず、滝の頭の奥には灰色の冷えびえとした荒野がゆっくりと拡がりはじめた。それは、彼がこれまでずっと夢の中で見つづけてきた、あのなじみ深い風景だった。

# 私刑の夏

# 1

どこかで銃声がした。一発きりで、後は静かになった。街は暗かった。通行人の足音もとだえ、街灯も消えていた。夜の舗道を、時おり何かが通り過ぎる気配があった。近ごろ急に増えた野犬の群か、保安隊の警邏《けいら》班にちがいない。このH市では、一般人の十時以後の夜間外出は禁止されていた。日本人だけでなく朝鮮人もそうだ。臨時人民委員会の特別許可証を持たずに、夜の街で発見されれば、具合の悪いことになる。その場で射殺されても文句は言えないだろう。

「二十分前よ」

結城《ゆうき》の肩を、うしろから陽子《ようこ》の手が押えた。

「もうしばらく待て」

と、結城は振り返って囁いた。「いま警邏が通りすぎたばかりだ。河岸まで十分もあれば行ける。あせらない方がいい」

「十ヵ月も待ったんだから――」

と、陽子の熱っぽい声が響いた。「私はもう待つのはごめんだわ」

「静かにしろ」

結城は女を制して、道路に面した扉をうしろ手でしめた。それから暗い倉庫の中に向って、緊張感のため、かすれた声で言った。

「みんな、聞いてくれ」

その倉庫の中には、異様な匂いがこもっていた。それは生きている男や、女や、幼児の、そして、すでに生きていない仲間達の死臭だ。昨夜までは四十二人の人間がいた。今日は自分を含めて、ちょうど四十人になっている。幼児が一人と、老人が一人、減っていた。二個の死体は、まだそのまま壁際に寄せてある。彼らが暗闇の中から、息をのんで自分をみつめているのを、結城は感じた。

「いよいよ出発の時間だ」

と、彼は殺した声で喋った。「失敗は許されない。もし、途中で発見されたら、それで終りだ。われわれだけの問題じゃないという事を忘れないでくれ。今夜の計画には、六百人以上の連中が参加してる。一組でも逮捕されれば、トラックは出ない。そうなれば、この班はおしまいだ。今年の冬を越した頃には誰もいなくなってしまう。生きて内地へ引揚げられるか、それとも発疹《はっしん》チフスで死んで大同江《だいどうこう》に流されるか、今夜で決まるんだ。声をたてるな。列を離れるな。赤ん坊が泣きそうになったら――」

「言わなくてもいいわ」

と、壁際から女の声がした。「かわいそうでも、口を手でふさげ——そうね？」

結城は何も答えなかった。

「十五分前だ」

男の声がした。あの学生だった。

「わかってる」

結城はうなずいた。闇の中で全員の立ちあがるざわめきがおこった。

「タケシ。きみが先導だ」

「うん」

痩せた少年の影が、扉のすき間から夜の街路に、動物のような身軽さで滑《すべ》り出た。

「彼が犬の鳴き声をたてたら、物陰にかくれろ」

結城は扉を半分ほど開け、よし、と声をかけた。物音がおこり、黒っぽい服装をした男や女たちが、街路を小走りに横切って行った。最後に残った黒い影が、結城の首に腕を回し、柔かな体を押しつけて何か言った。強い女の体臭が匂った。

「行くんだ」

結城は陽子の腕をつかみ、倉庫の外へ押し出した。

「もう誰もいないな？」

と、彼は暗い倉庫の中を振り返って言った。

誰かが答えたような気がした。結城は、もう一度、同じことをくり返してみた。返事はなかった。気のせいだろう、と彼は思った。残っているのは、二人だけだ。昨夜、いつの間にか呼吸をやめていた山形県出身の老人と、それに赤ん坊の干物《ひもの》が一個。

毎朝、そんな具合に倉庫のスペースが少しずつ楽になってきていた。終戦の翌月に、鴨緑江《おうりよつこう》を越えて南下してきた時には、彼は二百人余りの仲間と一緒だった。北鮮にはいり、このH市まで迂回《うかい》してくると、それが約半数になっていた。そして、この街でストップさせられたまま一冬を過した今は、四十人だけになっている。

結城は、もう一度、その倉庫の重い湿った空気の匂いをかいだ。それは、このH市に収容されて以来、彼には皮膚の一部のようになじみ深い匂いだった。死臭と、饐《す》えた精液の匂い。その匂いの中から、彼はいま解放されようとしていた。爽かな夜気の中へ、彼は足音を忍ばせて滑り出た。

〈今日は何日だろう？〉

と、結城は考えた。一九四六年八月二十五日の深夜だ。いまH市内では、十二の日本人脱出グループが、一斉に予定された集結地点へ移動しつつあるはずだった。

遠くでまた鋭い尾を引いて銃声がした。結城は、自分の内股のあたりが、かすかにひきつるのを覚えた。いよいよ明日の夜は、三十八度線を越えるのだ。うまく行くか行かないかは判らない。うまく行かなければ、おしまいだ。とにかく、彼は自分の責任で、それに賭けたのだった。H市駐屯《ちゆうとん》ソ連軍のトラック部隊を買収して、北鮮から脱出する計画に。

セメント塀の陰を小走りに駆け抜けながら、結城はあのいやな咳《せき》の予感をおぼえた。彼は奥歯をかみしめて、その発作に耐えた。なじみ深い喀血《かつけつ》の匂いが、口の中にむっと拡がってきた。

〈どうせおれも長くはないだろう〉

彼は、はっきりとそう思った。

## 2

「トラックは必ずくるだろうか?」

結城の耳もとで、学生が囁いた。

「さあね」

と、結城は注意深く堤防の上をみつめながら呟いた。「途中で何か事故がなければ来るはずだ」

「事故がなければ？　あんた、よくそんないいかげんな事が言えるな。もし来なければ、どうする」

「失敗すれば引き返す。金はちゃんと払ったし、打ち合わせも済んだ。これでうまく行かなければ、あきらめるしかないだろう」

まさかソ連軍の将校相手に契約書を交すわけには行くまい、と言いかけて、彼はやめた。言った所で、内地からやってきたこの坊ちゃん学生にわかるはずはなかった。

彼らの班は、最後の金をはたいて今度の計画に賭けたのである。それがいやなら、あの倉庫に坐ってじっと待つだけだ。二度目の冬を。そして、あの発疹《はっしん》チフスのバラ色の斑点が自分の肌に現れるのを待つしかない。

それまでに公式の送還が再開されれば？　だが、それはもう期待できない。引揚げ再開のデマに、これまで何度踊らされてきたことだろう。このH市にはいってから、これで十ヵ月だ。大同江に近いセメント工場跡の倉庫に収容されたきり、そのまま動けない。

それも、あの情報のせいだった。H市まで南下すれば、そこから南鮮への引揚げ列車が出ているというニュースである。それを信じて、満州や、北鮮の各地から引揚げ難民が、続々とH市に集ってきたのだった。

だが、H市から南への列車は動いてはいなかった。それだけでなく、H市にはいったとき、彼らは徒歩で南下する事も不可能になった。臨時人民委員会の布告で、日本人の市外への自由移動が禁止されたのだ。

戦争が終って最初の冬、H市は頭をザン切りにした北満からの日本人子女でふくれ上っていた。H市が破裂しなかったのは、その冬流行した発疹チフスのためである。

次の年の春になると、引揚げ難民の数はそれほど目立たなくなっていた。だが、引揚げはいつまでも再開されなかった。そして、ふたたび二度目の冬が、二ヵ月後に迫っていた。

「あれは何だろう」

と、学生が結城の胸を摑んで囁いた。「トラックだ。きたぞ！」

「まて」

と、結城は立ち上ろうとする学生を押えて言った。「よく見ろ。ヘッドライトが一つしかない。あれはトラックじゃない」

結城は頭をあげて目をこらした。地下をはうようなエンジン音がきこえてきた。

「みんな伏せろ。動くな。保安隊のサイドカーだ」

結城の背後で全員が堤防の斜面にはりついて息をころした。彼らは、大同江の巨大な堤防の、河床《かわどこ》に面した斜面にひそんでいた。一メートル近い雑草の間に、四十人の女や、子供たちが昆虫のようにもぐっていた。空は暗く、背後に鋼《はがね》色に光る大同江の本流がよこたわり、その向う左岸にはかすかな灯火が見えた。金属質の虫の音がきこえた。

「まずい。トラックがくる時間だ。保安隊とかちあうぞ」

学生が唾《つば》をのみこんで囁いた。保安隊のサイドカーは、堤防の上を速度を落として走ってきた。ライトの散光が、彼らの頭上に草の葉を通して落ちてきた。

結城は、額を斜面に押しつけながら、夜光時計を見た。十一時三十分。

〈トラックのくる時間だ〉

その時、堤防の斜面に重い震動音が伝わってきた。底力のある大型トラックのエンジン音が、同時にきこえた。

〈きた！〉

保安隊のサイドカーは、ちょうど彼らの頭の上を通過しようとしていた。トラックはそれと向き合ってやってきた。

周囲が明るくなった。米国政府から対ソ援助の一部としてソ連軍に引き渡された、例の大型軍用トラックだ。十個のタイヤの震動が結城の額に伝わってきた。ヘッドライトが頭上で交錯した。彼は両手を握りしめた。

「どうする?」

「動くな!」

と、結城は言った。トラックは速度をゆるめずに下流へ走り去った。保安隊のオートバイも、速度をあげて夜の闇の中へ消えた。

結城は素早く体をおこし、堤防の上へ駆け上った。膝が脱力したように、がくがくした。

学生がうしろから上ってきた。

「行ってしまった――」

と、彼は震える声で言った。「せっかくここまでうまくやったのに。畜生!」

「待て。まだわからん」

と、結城は学生を堤防の下へ押しもどしながら言った。彼はいったん闇の中へ消えかけたトラックのテールランプの行方を、じっとみつめていた。その赤い尾灯は、不意に角度を変え、堤防の上で点滅すると彼の視界から消えた。

「もどってくるぞ」

と、彼は唸った。「ライトを消して、こっちへくる。君は下へもどれ。近くまでトラックがきたら、マッチをすって合図をしろ」

堤防の上を、黒い巨大なトラックの影が、地響きをたてながら近づいてきた。はっきりとその輪郭が浮びあがった時、草の中でマッチの燐光が走った。

エアー・ブレーキの音をたてて、トラックが止った。後退しながら、全員のひそんでいるあたりへ幅よせしてくる。

「第七班だ。ここにつけてくれ」

「結城さんは？」

「ここにいる」

結城はトラックの助手台に近づいて、声をかけた。「全員で四十名だ。手伝って乗せてくれ。五分おくれている」

「まず金を渡してくれ」

「それは後だ」

「金を受取ってから乗せろと、星賀《ほしが》さんから言われてるんでね」

「早くのせろ。保安隊がもどってくるぞ」

その若い日本人は、ぶつぶつ言いながら助手台を降りた。荷台の背後に回り、ロックを外した。

学生に先導されて全員が堤防から上ってきた。結城は荷物を放りあげるように、子供たちからトラックの荷台に乗せた。はい上ろうとして、何度も滑り落ちる女がいた。リュックサックを落として、それを取りに降りようとする影が、荷台の奥へ突きもどされて声をあげた。

「これで全部だな」

「よし」

結城は若い日本人と一緒に、荷台にかぶせてある頑丈《がんじょう》なシートをおろした。その車は、荷台の部分が幌《ほろ》になっているので、外からは何が積んであるかはわからない。

「金を」

と、若い男が言った。結城は腹にむすびつけておいた布の中から、新聞紙包みを抜き出して渡した。それは、彼の班の全員が、あるだけの現金と、貴金属や衣料までを売り払って用意した運賃の半分だった。彼の班の数人の女たちは、その資金の不足分を準備するために、ソ連の将校と何度も寝た。四十人の全員が、今はほとんど着のみ着のままトラックに積みこまれていた。

それだけの金が用意できただけでも、大したものだった。H市にたまっている数千人の引揚げ難民の中で、その能力があったのは六百人に過ぎなかったのである。

「あんたもうしろに乗れよ」

「おれは荷主だ。前に乗る」

と結城は言った。若い日本人に続いて、彼はトラックの助手台に乗りこんだ。

ハンドルを握っているのは、ソ連兵だった。計器灯の反射で、ひげの濃い、中年の兵隊の横顔が見えた。

「行くぞ」

「よし」

若い男が何かロシア語で言った。ソ連兵は無表情にギアを入れた。力強い排気音をひびかせて、アメリカ製の軍用トラックは動き出した。四十人の日本人たちが、その荷台に息をひそめて積みこまれているのだった。

トラックは堤防の上を、ライトをつけて加速した。鉄橋のあたりで、さっきのサイドカーとすれ違った。トラックは、エンジンをふかしながら、第二の集結点へ夜の道路をフルスピードで突っ走っていた。

それは、あの星賀悟郎《ほしがごろう》という奇妙な青年に組織された脱出部隊の第七のグループだった。ほかに十一台のソ連軍用トラックが、H市内をスタートしているはずだった。結城は、フロント・グラスの前方の黒い空間をみつめながら、はじめて星賀という男に会った時の事を思い出していた。

## 3

結城が星賀悟郎を知ったのは、三ヵ月ほど前の事だった。労働供出の割当の件で、H市日本人会の本部へ出むいた時である。結城は、彼の班に割り当てられた供出員数について抗議を申込みにきていた。

その日、彼は日本人会事務所の控え室で、二時間余り待たされていた。会議室で何か重要な会議をやっているらしく、担当者は誰も窓口にいなかったのである。

彼の坐っている控え室の隣が、その会議室だった。ベニヤ板を張っただけのバラックなので、会議室の対話が手に取るようにきこえた。誰か一人の男を、全員でつるしあげでもしているような様子だった。

その日は暑い日で、結城は隣室の話の内容を聞くより、早く用件を済ませたくていらいらしていた。しばらくすると、隣室の男の声が不意に大きくなった。

「おれのやる事に反対なら、保安隊にでもソ連軍にでも、突き出したらどうだ、え？」

その青年の声には、一種独特の人を威圧するような響きがあった。

「いま金のある連中から金を取って脱出させるのが、なぜ悪い？　公式送還だなんて騒いでいるが、おれの情報じゃ当分見込みはないな。今は内地も、こっちも自分の事で精一杯の状態だ。南鮮じゃアメリカ軍のやり方に反対して、ゼネストをやろうという騒ぎなんだぜ。このままあと半年も放っておけば、H市の日本人は全員参ってしまうだろう。だから、まず金のある奴らだけでも、帰国させようというんだ。そうすれば、残った連中の食糧だってもっと楽になるはずだ。そうじゃないか、え？」

結城は、その時はじめて喋っている男が有名な星賀悟郎である事に気づいたのだった。彼はこれまで星賀と会ったことはなかった。だが、その名前だけは以前から聞いていた。

戦後のH市の日本人の間で、星賀悟郎は一種の伝説的な存在だったのである。

結城が知っている限りでは、星賀悟郎とは仮名だという話だった。戦争中は、満鉄の調査部にいたと聞いた。中国語と、朝鮮語と、ロシア語が自由に喋れて、頭は抜群に切れるという。射撃の名手だという説も、ソ連軍の将官の友人だという説もあった。

敗戦後、日本人の立場が逆転した時も、星賀悟郎だけは少しも以前とは変らなかったらしい。彼は敗戦直後にH市へ関東軍の軍用機で乗り込んできたのだそうだ。ソ連軍の進駐と日本軍の武装解除に際して、彼はさまざまな役割りを果したという。一般の日本人が、道路の端を歩くような時代に、彼だけは麻の背広に白靴でH市内を歩き回っていた。一般の日本人家屋が接収されている時に、彼だけは以前の市庁官舎の一軒に、数人の女と住んでいるという噂だった。

彼が、なぜそのような立場にあるのか、誰とどのようなつながりがあるのか、H市の日本人たちには全く想像がつかなかったらしい。

結城は、そんな星賀の噂を、単なる作り話としか思っていなかった。そんな事が、日本人に可能なわけがない、と思われたのだ。

その後、結城の聞いたニュースでは、星賀に頼めば、南鮮へ脱出させてもらえるという話だった。

「そんな力をなぜ彼が持ってるんだろう」

と、結城はその時、相手にきいた。

「さあね。とにかく相当な運賃を払えば、彼が何とかしてくれるという話だ。まんざら嘘でもないらしい」

「それが本当だとしても、問題は金だな」

「うむ。しかし、不思議なこともある」

と、その仲間は結城に言った。「それほど金のあると思えないグループまでが、彼の世話で脱出しているんだ。現に、おれの知っている未亡人もそんな例がある」

「なぜだろう?」

「わからんな。星賀自身が一種の謎なんだよ」

今、会議室で日本人会の役員たちを相手にやりあっている男が、星賀にちがいないと思ったのは、そのためだった。

〈一度、見てみたいものだ〉

と、彼は思った。会って、彼に少し話を聞いてみたい。そんな男なら、最近の正確な情報も少しは教えてくれるだろう。

結城は、その日、長い間、控え室で会議が終るのを待った。午後の暑さで、目がくらみそうだったが、彼は待ちつづけた。彼には、星賀という男に会って、たしかめてみたいいくつかの問題があったのだった。

隣室から会議を終えた役員たちが出て来た時、結城はその中に星賀らしき男を探した。星賀はすぐにわかった。くたびれた半袖シャツ姿の連中の間に、たった一人だけリュウとした背広の男がいた。目にしみるような白麻のスーツを着て、草色のネクタイを結んでいる。引き緊った敏捷そうな体つきで、背が高かった。良く陽に灼けた浅黒い肌と、強く光る目と、やや厚目の唇をもっていた。美しい青年だった。結城は、その伝説中の人物の余りの若さに、ひどく驚いた。どう見ても二十代の青年だ。三十二歳の結城より、いくつか年下にちがいない。

「星賀さん」

と、結城は呼んでみた。もしかすると別人かも知れないという気がしたのだ。

その青年は立ち止って結城を見た。人を射るような鋭い目つきだった。

「おれに用かね」

「結城という者です。あなたに一寸《ちよつと》うかがいたい事があるんだが」

「何を?」

びしりと、語尾を折るような喋り方をする男だった。

「まず第一に――」

結城が喋り出そうとするのを、星賀は手で制して、

「ここは暑くてかなわんな。外で話そう」

星賀は大股で戸外へ出ると、裏庭のアカシアの老木の木陰に立ち、ネクタイをゆる

めた。そこは風通しがよく、ひんやりと涼しい場所だった。

「あんたは一体なにものだい」

と、星賀は何か投げやりな口調できいた。どうでもいいようなきき方でもあり、また注意深く答を待っているようでもあった。

結城は、手みじかに自己紹介をした。北満からやってきた引揚げグループのリーダーであること。現在セメント工場跡の倉庫に収容されていること。労働供出の件で日本人会に抗議にきたこと。

星賀は、真白なハンカチで首筋の汗をぬぐいながら、表情をかえない顔付きでそれを聞いていた。

「前は何をやっていた？」

「P市の中学で国語の教師を――」

「教員くずれか」

と、彼は言った。「いかにもそんな感じだよな、あんた。ところで、おれに何の用だい？」

あなたに頼めば、南鮮へ脱出する便を計ってもらえるという噂だが、と結城は言った。

「その話か」

星賀は無遠慮な視線で結城を眺めると、唇を曲げて声を立てずに笑った。「その話は嘘じゃない。だが、おれが何のためにそんな危険な真似をするか、知ってはいるんだろうな」

金のためだと聞いた、と結城は言った。

「そうだ。金もうけだよ。それだけさ」

星賀は、上から結城の目をのぞきこむように見て、言った。「すると、あんたのグループは相当な金を持っているんだな」

結城は黙って首を振った。星賀はぺっと音を立てて唾を吐くと、

「それじゃ話をしても無駄だ。おれは慈善事業をやってるわけじゃないんでね」

結城は黙ってうなずいた。それは最初からわかっていた。だが、彼にはもう一つ星賀にきいてみたい事があった。星賀が、時には金のありそうにない連中にトラックを用意してやる場合があるという噂の事だった。結城はそれをたずねた。

「なるほど」

星賀は、かすかに微笑した。「よし。教えてやろう。それはこうなんだ」

敗戦で日本人たちの資産や土地は、ほとんど臨時人民委員会に接収されてしまった

のだが、と、彼は語り出した。

「このH市にも、朝鮮銀行券をしこたま抱えこんでいた財閥系の人間がいるのさ。連中はその財産を何とかして内地へ持って帰りたいんだ。ところが外地からの引揚者の持ち帰れる円は、一人当り何千円かに制限されている。そこで、金持ちどもは考えたわけだ。なかなかうまい手をな」

連中は金に困っている引揚者たちの中で、かつて官吏だったり、大企業の社員だったりした連中を選んで、金を貸し付けるのだ、と星賀は説明した。

「そういった連中は、引揚げても身分が保証されている。連中に高利で金を貸して、その借用証を持って引揚げようという寸法さ。書類に制限はないからな。帰国してから、そいつを取り立てようという計算なんだ」

「なるほど」

結城には謎がとけたような気がした。金のない日本人達に、金を出してやる連中がH市にはいる。星賀はその金を受取って脱出トラックを出してやるのだろう。

「われわれのグループにも金を貸してもらえないだろうか」

と、結城は星賀の顔を見て言った。星賀は眉をしかめて首を振った。

「どうもなあ。あんたらのグループはP市からきたんだろう？」

そうだ、と結城は答えた。星賀はうなずいて、乾いた口調で言った。

「北満から来た連中は体が弱ってるからな。いつまで保《も》つかわからんし、それに発疹チフスが流行《はや》れば、バタバタいくだろう。こいつは日本人に死なれては具合が悪いんでね」

わかった、と結城は言った。彼が礼を言って帰りかけた時、うしろから星賀が声をかけた。

「ちょっと待てよ、あんた」

星賀は結城の肩をたたくと、おたくのグループに若い女はいるか、ときいた。いる、と結城は答えた。

「おれたちの班は、女と老人と子供だけだ。おれみたいな病気もちの痩せっぽちが責任者になっているのは、外《ほか》に男がいないからさ」

「なるほど」

星賀の目が不意に輝いた。

「若くて体の良い娘を五人ほど回さないか。もちろん、美人ならマダムでもかまわんが」

そうすれば、金融の紹介をしてやってもいい、と星賀は言った。結城は自分の頬に、かっと血がのぼるのを感じた。彼は感情を殺して平静をよそおった声できいた。

「女をどうするのかね」

「おれが使う。ある場所でソ連の高級将校相手のクラブをやっているんだ。若い女ならいくらいてもいい。五人ほど世話をしてくれれば、トラックを一台用意するぜ。どうかね」

結城は、じっと目の前の星賀を眺めた。真白な麻の服に、午後の陽ざしがまぶしく反射していた。草色のネクタイ。盛りあがった肩の筋肉。唇にくわえたアメリカ煙草。

「星賀さん」

と、結城は低い声で言った。

「おれがあんたを殴らないのは、おれの方が体が貧弱だからじゃないぜ。おれは、死ぬ事だってそれほど怖くはないんだよ」

星賀は、煙草を唇にくわえたまま、横目で結城をみつめた。結城は続けた。

「おれたちは最初二百人以上でP市を出た。鴨緑江《おうりよつこう》を越えて北鮮に入る直前、男たちは連れ去られたんだ。後に残った家族たちの面倒を見るために、男が一人だけ釈放された。一番役に立たなそうな奴がな。それがおれさ。H市にたどりついたときは約半数になっていた。そして今はその半分位に減っている。おれは、連行された男たちのかわりに、連中を一人でも多く内地に連れて行かねばならんのだ。それを、もう随分死なせた。だけど、まだ五十人は残っている。連中が一人でも残っている限り、おれは必要なんだ。だから、ここであんたと殴り合って、怪我をしたりはできない。だからおとなしく帰るんだ。それを覚えておいてくれ」

喋りながら、結城は激しい疲労感をおぼえた。彼は、あの鴨緑江の岸辺で起こった事件を思い出し、激しいめまいを感じた。渡船の報酬の額で地元民の一部ともめたあげく、乱闘騒ぎになったのだった。彼らのグループの中に途中から合流してきた得体の知れない日本人が数人いて、彼らの一人が地元民の一人を射殺したのである。駆けつけた保安隊に男たちは全員どこかへ連れ去られた。残されたのは、結城だけだった。

「妙な人だな、あんたは」

と、星賀が呆れたような声を出した。「死んだやつは、死んだやつさ。残ってる奴だけ勝手に生きればいい。それに、おれにはみんながなぜ内地、内地と大騒ぎするのかわからんね。どこで生きたっていいじゃねえか。シラミと心中するよりは、ソ連の将校に抱かれて生きてる方が気がきいていると思うがね」

結城は黙って歩き出した。暑かった。水が飲みたいと思った。目の前が赤く見えた。そのとき彼は咽元《のど》に噴きあげてくる熱いものを感じた。あふれるものが、口をおさえた指先からしたたった。彼はその場に坐りこんだ。

「どうした、おい」

星賀が近づいてきて、彼の腕を掴んで引きおこした。結城は激しくせきこんだ。彼は星賀の真白な服に、赤い飛沫が飛びちるのを見ながら意識を失って行った。

あれが最初の喀血《かっけつ》だった。星賀とは、そんな具合に知り合ったのだった。

## 4

「集結地点はどこだ」

と、結城が助手台の青年にきいた。

「言ってもあんたにはわからんだろう」

青年は前方を向いたまま、隣のソ連兵に何か言った。

「ダア」

とソ連兵は答えてうなずき、ちらと結城の顔を見た。夜の街路を、幌をおろした軍用トラックはフルスピードで疾走していた。どうやら市内を抜けて、南西の方向へむかっているらしかった。

「検問所は何ヵ所ある？」

「平山《へいざん》まで三ヵ所。それから三十八度線までに一つ」

青年は結城の腕を叩いて言った。「心配するな。今夜はキャプテンがついている。ソ連軍のスミルノフ大尉が一緒だ。これまでは朝鮮側の民間トラックだったからヤバかったんだ。今度はちがう。軍のトラック輸送部隊だからな。十二台並べて、だあっとぶっとばすさ」

「あんたは誰だい」

「星賀さんとこの若い者だよ。クラブを手伝っているんだ」

「彼の代理かね」

「ま、そういうわけだ。星賀さんは集結地点で引き返す。後はおれがついて行くよ」

「あんたは引揚げないのかね？」

「おい、おれを何だと思ってるんだ。おれは日本人じゃない。朝鮮人なんだぜ。どこへ引揚げる必要があるんだ」

日本語がうますぎたので間違えたのだ、と結城は言った。

「おれは内地で生まれて二十年東京にいたのさ。去年こっちへ引揚げてきたんだ」

と、その青年は言った。

堤防を出てから二十分ほどたっていた。もうそろそろ真夜中だ。トラックは街を抜け、低い丘陵にそって街道を走っていた。ライトの中に、ポプラ並木の列がどこまでも続いている。小さな河を渡ると、車は左にカーヴを切った。丘を切り開いた運動場のような広場が現れた。黒いトラックの影がいくつも並んでいるのが見える。

「ここだ。先に何台かきてるぜ」

結城は時計を見た。零時前五分。時間通りだ。十二台のトラックの集合を待って、午前零時丁度に出発の予定だ。トラックの白い排気ガスが低く地面をはっていた。二台、三台、四台、——八台まで結城は数えた。こいつを入れて九台だ、あと三台はどうしただろう。

彼らのトラックはバックして横隊のいちばん端に停止した。助手台から青年が飛び降りる。結城も降りてうしろの荷台へ回った。幌をまくってのぞきこむと、いつものあのむせるような匂いがした。暗闇の中に、三十九人の女や子供や、少年がじっと息をひそめている。

「全部予定通りに行ってる。心配するな」

と、結城は言った。

「おしっこに降りていい?」

「駄目だ。もうすぐ出発する」

そこにさっきの青年が呼びにきた。星賀さんが呼んでいる、と彼は言った。

「どこだ?」

「一号車の前だ」

結城はトラックのバンパーに手を触れながら歩いていった。この一台一台に五十人以上の日本人が息をころしている。全部で六百人以上が明日は三十八度線をこえるのだ。

「やあ」

と、一号車の前にいた黒い影が手をあげた。薄明りの中に星賀の顔が見えた。その横に姿勢のいい、すらりとしたソ連将校が立っていた。

「おたくの車がおそいので心配していたんだ」

「乗り込むとき保安隊のサイドカーがきたんでね」

「十台目がきた!」

と、青年が指さして叫んだ。

「あと二台だな」

星賀は、うなずいて結城に言った。「キャプテン・スミルノフに紹介しておこう。こっちは結城さん。七号車のリーダーです」

「はじめまして。ユウキさん」

スミルノフ大尉は流暢《りゅうちょう》な日本語で言った。

「このホシカさんというのが大変悪い人ですからね。わたくしを引きこんで、とうとうこんな仕事をやらせるのです。困りました」

「このキャプテンは、ただもんじゃないんだ。囚人部隊の指導教官をやってた男でね。悪知恵にかけちゃあ、生徒が舌を巻く位のものさ。悪いやつだが不思議と憎めない所があるんだ」

「悪いやつ、ホシカさんのほうですね。私はいつも欺《だま》されます」

「十一号車到着」

と、青年が言った。

「よし。出発用意だ。最後の奴が見えたら一号車からスタートする。結城さん、あんた、おれと先頭の車に乗ってくれ」

「あんたも行くのか」

と、結城は驚いて言った。「いつもはここから帰るんだろう？」

「ああ。今度はこれまでにない大輸送なんでね。これだけの仕事はもう出来んだろう。最後の仕事になるかも知れんからな。見とどけておきたいんだ」

夜の広場に集結した十一台の大型トラックは、けもののような底深い唸りをあげて出発を待っていた。スミルノフ大尉が、懐中電灯を中央で点滅させた。各車のエンジン音が一斉に高くなった。

「おそいな」

と、青年が言った。「どうしたんだろう」

「予定時刻を三分過ぎたぜ」

結城は腕時計を見て言った。「もしも、一台現れなかった場合はどうなる?」

「ちょっと待った——」

と、青年がのび上って道路の方を見た。

「きたぞ! 見ろ、ほらあれだ」

「よし。乗れ! 出発だ」

スミルノフ大尉が右端の一号車に駆け寄った。星賀と結城もそれに続いた。スミルノフ大尉自身がハンドルを握っていた。隣に星賀が、そして右端に結城が坐った。

エンジン音が高くなった。米国製の大型軍用トラックは、身震いしながら発進した。後に十一台の車が続いた。約六百人の日本人を乗せて、トラック部隊はいま深夜の街道を、三十八度線へ向けて南下しようとしていた。

5

「いま何時だ」

と、星賀がきいた。

「一時十分。ちょうど一時間走ってる」

結城は助手台から外を眺めながら言った。

「そろそろ検問所じゃないのかね」

「まだだろう」

車は深夜の街道を、重い響きをあげながら走り続けていた。低い土塀や、藁《わら》屋根の農家や、小高い丘のシルエットが、ライトの中を流れて過ぎた。

「まず、黄州《こうしゅう》、それから沙里院《さりいん》だ。その辺から東南に折れて平山《へいざん》。礼成江《れいせいこう》を渡って金《きん》州《しゅう》を過ぎれば、三十八度線は目と鼻の先だ。夜が明ける頃には、金州《きんしゅう》まで行けるだろう。トラックはそこまでだ。連中を降ろして、おれたちは引き返す。あんたらは、徒歩で三十八度線を越える。向う側には、日本人の脱出グループ捜索員が出てるから、そいつと接触すれば後は連れて行ってくれるはずだ」

「どこへ？」

「開城《かいじょう》の引揚者キャンプへさ」

「そんなものがあるのか」

「ああ。米軍が面倒みてるテント村があるんだ。そこで待機してれば、次は仁川《じんせん》の乗船キャンプへ送ってくれる。後は船の便を待つだけさ。一月以内に内地へ上陸できるだろう」

星賀は、つまらなそうな口調で喋りながら、煙草に火をつけてスミルノフ大尉に渡した。

「ありがとう」

と、スミルノフ大尉は前方を注視しながら日本語で言った。「ホシカさんの話は信用しない方がいいね。この人、悪い人だから」

「お互いさまだ、キャプテン」

と、星賀は自分のための煙草に火をつけて大きく煙を吸いこんだ。「同じ穴のムジナって言葉が日本にはある。あんたも、おれも、同じ穴のムジナさ。どうせ最後はろくな死にかたはしないんだ」

トラックに積んでいる日本人たちから集めた金の半分は、この悪党に渡すのだ、と星賀は言った。スミルノフ大尉は、黙って笑っていた。彼は荒っぽいハンドルさばきだったが、うまい運転をした。

道路がS字型にカーヴしている部分で、結城は後続車の黒い隊列を見た。ヘッドライトと、赤い尾灯が十一台、間隔をつめて続いていた。灯火の中を、白い土煙りが縞を作って流れて行く。変に静かで、奇妙な哀感のある隊列だった。結城は、それを見ながら、ついひと月前の、あの夜の事を思い出そうとしていた。

その年の夏は、急激にやってきた。

六月の下旬まで不思議に涼しく、雨がよく降った。そして、七月の中旬に、狂ったような暑さが爆発した。圧縮されたような熱気がH市に渦まいて、戸外で作業中に死ぬ日本人が少なくなかった。

どうやら息がつけるのは、夜の間だけだった。そんなある晩、星賀が自動車に乗って結城を呼びにきたのだった。

「おれの家にこないか。冷いビールがあるぜ」

「ビールよりも、食糧を何とかしてもらえないか。この班の連中は労働供出量が少ないというので、配給が半分に減らされてるんだ」

「くたばる奴はくたばる。生き残る奴は生き残る。放っておけ。何も、あんたが目の色を変えることはないさ」

結城は半袖の涼しそうなシャツを着た星賀を眺めて、黙りこんだ。

「どうする？　くるのか、こないのか」

「行こう」

結城は星賀の運転する古い乗用車に乗り込んだ。星賀の住んでいるのは、市の中心地に近い大きなビルの地下室だった。その地下室の一つを使って、星賀は秘密のクラブを開いているのだった。その晩は、客が少なく、数人の日本人の女たちが部屋の隅で、ウイスキーの詰めかえをやっていた。密造ウイスキーに焼酎を混ぜて、サイダーびんに詰めるのだ。女たちは、ちらと結城を眺め、不快そうに視線をそらせた。彼女らは、日本人たちと会うのを、嫌がっているらしかった。

「こいつらは、皆おれの女だ」

と、星賀はソファーに股を拡げて坐ると大声で言った。「あの肥えた若い女が幸《さち》子《こ》。もと電話局の交換手だった子だ。その左の髪の長いのが弓江《ゆみえ》。亭主はシベリアに引っぱって行かれてる。いい体をしてるが、陰気な奴だ。こっちの色の白いのは、今夜からきた娘だ。おい、おまえ。名前は何といった？」

その女学生のような目の大きな少女は、唇をかんで黙っていた。

「おい。きこえないのか」

「——光子《みつこ》です」

「そうだった」

星賀は顎をしゃくって、結城に言った。

「こいつは父親がおれの所で使ってくれと売りにきたんだ」

「ちがいます！」

その少女は立ちあがって叫んだ。彼女の持ったサイダーびんから、酒が床にこぼれた。

「馬鹿。気をつけるんだ。商品だぞ」

星賀は変におだやかな声で少女に言った。「まあいいさ。いずれにしても、お前さんの親父は、おれからまとまった金を受取って行ったんだ。あれだけあれば、女房と二人で半年はもつだろう。お前さんも、ここで食えるしな」

「わたしは自分できたんです。父も、母も、反対でした」

「そうかい。それじゃ、そういうことにするさ」

星賀は少女の手からサイダーびんを取ると、コップに中身を空けて、水のように一息に飲みほした。手の甲で唇をぬぐいながら、

「あんたもやってみな。ちょっといけるぜ」

結城はサイダーびんに口をつけて、残りの液体を咽《のど》に流しこんだ。カッと焼けるような感覚が胃の中で拡がった。

「ところで、結城さん」

と、星賀が言った。「そろそろ、おれの商売もやりづらくなってきたらしい。日本人会の連中が、人民委員会側に何だかだとおれの事で言いに行ってるそうだ。まあ、連中がおれに腹を立てるのも、わからん事はないがね」

「それは当然だろう」

と結城は言った。「H市には何万人かの日本人がいる。そしてそのほとんどが辛《かろ》うじて生きてる状態にあるんだ。おれたちの班でも、半分は栄養失調で残りの半分は病気もちだぜ。そんな時に、あんた一人だけが自動車を乗り回したりしてるんだからな。これまで誰かに殺《や》られなかったのが不思議な位だよ。いくらソ連側とコネがあっても、そう勝手な真似が続くもんじゃないと思うぜ」

「あんたは、おれをどう思ってる」

「恥知らずだと思ってるさ。しかし、おれはあんたに何度か世話になってきた。いつか喀血した時も助けてもらったし、時どきは班のために食糧を回してもらったりもしてる。でも、それはなぜなんだ」

「おれはあんたという人間に少々興味があるんでね」

と、星賀は言った。「あんな女子供ばかりの班を連れて、一人で苦労してる所が面白いのさ。おれと組んで仕事でもすれば、随分いい目に会えるだろうにな。おれは、あんたのそんな偏屈な所が気に入ってるんだ。今からでもいい。一緒にやらんかね」

「おれは、あんたとは違う人間なんだ。おれがいま考えてるのは、班の連中を一人でも多く内地まで送りとどけること、それだけだよ」

「なんのために？」

「なんのため？　さあ。そいつはおれにもわからんね。ただ、あそこで男たちが全員連れ去られて行った時、おれだけが残された。その事に男たちは誰も文句を言わなかったんだ。みんな黙っておれにうなずいて連行されて行った。家族を頼むぞ、と彼らの目が言っているのをおれは感じた。その時、おれは決めたのさ。こんなふうにやって行くことをな」

「馬鹿な考えだ」

星賀は片手をのばして、一人の女の胸に触れながら、吐き出すように言った。

「二言めには、内地、内地だ。内地に帰りさえすれば、何もかも思うように行くと思いこんでやがる。おれは日本人だが、日本が嫌いだね。この土地で散々いい目に会ってきたんだ。風向きがかわれば悪くなるのは当り前だろう。勝手によその土地へ乗り込んできておいて、具合が悪くなると早く帰してくれとギャアギャア騒ぐんだ。そんなに内地が良けりゃ、内地を離れなければ良かったのさ。そうだろう、え？」

それから二人とも長いあいだ黙っていた。結城は、この青年に日本人への敵意を抱かせたものは何だろう、と考えた。いつか聞いた話では、星賀の父親は変り者で、日本人の一人も居ない山間《やまあい》の朝鮮人部落でリンゴ園をやっていたという。そこで生まれた星賀は、子供の頃から朝鮮語を自由に話し、リンゴ園で使っていた白系ロシア人の老人から、ロシア語を習ったのだそうだ。彼が満鉄の調査部につとめたのも、その語学力が買われたのだろう。

彼の父親や、家族が敗戦後どうしたかを星賀は話さなかった。結城が知っているのは、現在、彼がソ連軍に密着して、およそ敗戦国民らしからぬ豪勢な生活を送っているという事だけだった。

「おれもそろそろ商売替えを考えている所だ」

と、星賀は言った。「そこで最後に一つ大きな仕事をやる事にした。どうだ、ひとつ乗らんかね」

「いやだ」

「班の連中を脱出させる気はないのか」

「何だって?」

結城は顔をあげて星賀を見た。「冗談か?」

「いや。本気だ」

ソ連軍の輸送部隊を買収して、大がかりな脱出計画を立てたのだ、と星賀は言った。

「トラックは十台以上つかう。一度に五百人位送り出すんだ。もちろん、金が払える連中に限るがね」

「うちの班には関係のない話らしいな」

「そうじゃない。あんたの班も乗せてやるよ。もちろん出せるだけのものは出してもらう。足りない額だけ借用証を書いてくれればいい」

「なるほど。例の手だな。だが、身元の保証まではできないぜ。内地へ帰ってからの返済能力も見当がつかんしな」

星賀はかすかに笑って言った。「一台ぐらい、そんな班があってもいいだろう。資本家の方には、おれがごまかしておく。別に踏み倒したって、どうってことはないさ」

結城は、しばらく黙っていた。それから星賀にきいた。

「なぜかね？」

「なにが」

「なんのために、おれたちの貧乏班を助けてくれるんだ」

「さあ」

星賀はあいまいに笑って、サイダーびんの酒をあおった。「金もあるし、女もできた。この辺で慈善道楽でもやろうという所かな」

そして、女学生のような少女に向って、こっちへこい、と命令し、膝の上に抱き寄せた。

彼は抵抗する少女の胸を押し拡げて、奇妙な笑い声を立てた。結城は目を伏せて、星賀に別れを告げ、地下室を出て行ったのだった。女の艶《つや》めいた笑い声が背後にきこえた。

あれは、七月の下旬頃の事だったろう。そんなふうにして、彼の班にも、H市を抜け出せる希望が生まれてきたのだった。

## 6

スミルノフ大尉が、ハンドルを握ったまま口笛を吹き出した。ソ連兵が行進の時によく合唱する〈カチューシャ〉の曲だ。

十二台のトラックは、速度を落としたり、街道を迂回したり、時には橋のない浅い川を渡ったりしながら南下を続けていた。

すでに三時間ちかく走っている。まだ一度も検問所にぶつからないのが不思議だった。

結城は、その事をスミルノフ大尉にきいてみた。大尉は正確な日本語でゆっくりと答えた。

「最初の検問所は避けて通ったね。自分はこの辺の地理は、何度も通ってよく知っているから。それに、大きな街はみんな迂回している。少し遠回りになっても、それの方が安全だと思う」

スミルノフ大尉の横顔は、端正で知的な感じがした。ハンドルを握った腕の上膊部《じょうはくぶ》に、赤い星の刺青があった。その刺青と、端正な横顔とは全くチグハグな感じがした。だが、ひどくしっくりしてるような印象もないではなかった。妙な男だ、と結城は思った。スミルノフ大尉の表情には、ある種の冷笑的な翳《かげ》りが感じられる。それは、いわゆるロシア人の持っている体臭とは、かなり違ったものだった。

〈たぶん情報機関に属していた男だろう〉

と、結城は思った。

「なんだか同じ道をどこまでも走っている感じだな」

と、星賀が言った。「朝鮮の地形というやつは、どうもとらえにくい所がある」

「黄州はもうとっくに過ぎたね」

スミルノフ大尉が呟くように言った。「いま沙里院をよけて平山に向っているところ。この辺から少し警戒した方がいい。車を止めるから、運転台の日本人は全部うしろへ移ってくれ。あんたたちもだ」

スミルノフ大尉は、窓から右手を出して、後続の車に合図をした。人気のない水田地帯の一本道に、トラック隊は停止した。

星賀は、一号車の荷台にもぐり込んだ。結城は、自分の班の乗っている七号車にもどった。

「おれだ。入れてくれ」

幌《ほろ》の間から少年の手が出て、結城を引きあげた。荷台の中は、真暗だった。むっとする女たちの匂いがこもっていた。

「暑いわ」

と、女の声がした。「走っている間はよかったのに」

結城は手さぐりで積み重なっている人体の間をかきわけ、運転台のうしろへ行こうとして、軟かい肉を何度か踏みつけた。

「結城さん」

と、女の声がした。陽子だな、と彼は思った。

「あとどの位かかるの」

「もうすぐだ。夜明け前には三十八度線の手前までつくだろう」

「こっちへきて」

結城は両手で家畜のような人間たちをかきわけて、声のする方へ行った。

「どうした」

「息が苦しいの」

独特の匂いのする陽子の息が、結城の顔にかかった。彼はその女の横に自分の体を割り込ませた。

陽子は、友人の電力技師、秋谷《あきたに》の妻だった。結婚して数ヵ月しかたっていない、若い大柄な女だ。敗戦の数日後、秋谷は発電所要員として連行され、そのまま帰ってこなかった。

結城の妻は、その年の夏、はじめての子供を産みに九州の実家へ帰っていた。すでに関釜《かんぷ》連絡船は危険だったので、関東軍の連絡機に便乗させて帰したのだった。結城の教え子の父親が、工作してくれたのである。敗戦後数ヵ月たって、結城と陽子は、自然な形で一緒に行動するようになっていた。

陽子は、色の白い、手足の長い女だった。他の女たちは、ソ連兵たちの暴行を怖れて髪を切り、男の服を着ていたが、彼女だけはそうしなかった。戦争中、まったく見られなかったスカートをはいたのも、口紅をつけたのも、彼女が最初だった。そして、そのために彼女は何度か兵隊に連れ去られ、朝方、死んだようになって帰ってきた事があった。それでも、彼女は、ほかの女たちのように坊主頭になることを拒み続けた。そんな女だった。

「うまく行きつけると思う？」

と、陽子が結城の耳もとで囁いた。

「大丈夫だ。おれは行けると思う」

「星賀という男を信用してるのね」

「ああ」

「あたしは信用しないわ」

「しかし、現におれたちはこうしてH市を脱け出してるんだ。三十八度線まで、もう一息という所までな」

陽子は黙って結城の体をさぐった。彼女の手はまっすぐに彼の男性に触れた。その時、車が動き出した。陽子は暗闇の中で、大胆に体を押しつけてきた。奇妙な欲望が結城の中にめざめた。彼は汗に濡れた女の肌に唇を当て、強い匂いを吸い込んだ。

「内地へ帰ったら、奥さんの所へ行くのね」

と、陽子が言った。結城は黙っていた。「わたしは、どうすればいいの?」

どこかで少年の声がした。

「班長――」

「なんだ」

と、結城は答えた。

「金は何人分払ったんですか?」

「四十人分さ」

「三十九人でよかったのに」

と、少年は言った。「さっき、堤防の下でトラックを待ってるときに一人減ってるんですよ。武田さんの子供が――」

「あの子を動かすのは無理だったんです」

と、かすれた女の声がした。「それは最初からわかっていたんだわ」

「それで、どうした?」

「――置いてきたわ」

「そうか」

と、結城は呟いた。

〈三十九人になった――〉

トラックが激しく揺れた。誰も悲鳴をあげるものはいなかった。皆、息を殺して暗闇の中に体を寄せ合って耐えていた。

7

五時。

結城は陽子の腕を振りほどいて、荷台の後部へ回って行った。幌のすき間からのぞくと、空の一部が、無気味な赤味をおびて明るみ始めていた。あたりはまだ暗かった。後続車のライトが、いくつも続いて見えた。トラックは、かなり急な坂道を昇りかけていた。左右に、暗い丘陵の影があった。道路は悪く、激しいショックが連続的にきた。

〈もう礼成江《れいせいこう》は渡ったのだろうか？〉

と、結城は思った。H市を出てから、すでに五時間は走っている。そろそろ目的地に接近してもいいはずだ。

左右の丘陵が切れると、今度は急な下りになった。車は谷あいの赤土の斜面をエンジン・ブレーキをかけながら降りて行こうとしていた。

空の赤さが、次第に黄色味をおびはじめた。低い雲の奇怪な織り目が、その周囲に重なっている。まわりの風景が、少しずつはっきり見えはじめた。

一度どこかで見た事のある情景のような気がした。前後を小高い丘にはさまれた赤土の斜面だ。車が方向を変えると、左右の低い灌木林《かんぼくりん》が視界にはいった。浅いすり鉢のような地形だった。トラックの列は、後の丘の上に一台ずつ現れ、斜面を下ってきた。

スピードが落ちた。先頭の一号車が、停止しているのが見えた。

「着いたらしい」

と、結城がふり返って言った。夜光時計の針は、五時三十分を指していた。

エアー・ブレーキのシュッという音をたててトラックが停止した。荷台の中が不意にざわめいた。

「静かにするんだ」

と結城は言った。自分の声が少し上ずっているのを彼は感じた。あたりはかなり明るくなっていた。

一号車の運転台から、スミルノフ大尉らしい男が降りてきた。荷台から最初に姿を現したのは、星賀だった。その後に続いて、ぞろぞろ日本人たちが降りはじめた。

「よし。降りるんだ」

結城は幌を開いて、地面に飛びおりた。荷台から少年が続いた。女たちが、こぼれるように降りてきた。他の車からも、続々と人々が現れてきた。

結城は、一号車の所へ行った。スミルノフ大尉と、星賀がいた。星賀は、少し赤い顔をしていた。ようやく射しはじめた朝日のせいかも知れなかった。だが、結城は、彼もやはり興奮しているのだろうと考えた。

「おはよう」

と、スミルノフ大尉が機嫌のいい声で言った。「うまくやった」

「地図をよこせ」

と、星賀が言い、スミルノフ大尉の胸ポケットから地図を抜き取って拡げた。

「現在地点はこの辺だな？」

彼は念をおすように大尉にきいた。

「そう」

スミルノフ大尉は赤鉛筆を出して、地図の一部に印をつけた。そこからまっすぐに赤い線を引いた。

「これが三十八度線。あの正面の丘を越えたら、下に小さな河がある。浅いから歩いて越えられる。その先は、もうアメリカ軍のいる土地だ。急いで移動したほうがいい」

スミルノフ大尉の声には奇妙な陽気さがあった。「さて、これで、私は約束を果したことになる、星賀さん、今度はあなたが約束を果す番だ」

「悪党め」

と、星賀は笑った。「よし、残りの金を払ってやろう」

星賀はうしろの若い男を振り返り、手をあげた。その日本人の青年は、素早い動作でシャツの下から黒く光るものを抜き出し、スミルノフ大尉に向けた。それは結城たちもよく目にした十四年式の軍用拳銃だった。

「キャプテン・スミルノフ」

と、星賀が微笑して言った。彼の手にもいつの間にか小型の拳銃が握られていた。

「おれもそろそろ祖国が恋しくなったんでね。この辺で、あんたたちとも別れようと思う。いろいろお世話になったが、気を悪くしないでくれ」

「なるほど。そういうことだったのか」

とスミルノフ大尉は言った。彼の頬には相変らずさっきの奇妙な陽気さが残っていた。

「なるほどね」

「キャプテン・スミルノフ。部下の運転手たちにH市へ出発するように命令しろ。変な真似をしたら自分が危険だとつけくわえるのを忘れるな」

スミルノフ大尉は、目を伏せて、大声で笑い出した。

「早くしろ、お芝居はもういい」

「わかった」

と、スミルノフ大尉は言った。それから、大声で部下にロシア語の命令をくだした。車の横には、それぞれ数人ずつの日本人の青年が、拳銃を手に立っていた。

「これがおれの計画さ」

と、星賀は、結城を見て微笑した。スミルノフ大尉が、何かもう一度叫んだ。トラックの列が動き出した。一号車からUターンして、元きた斜面を土煙りを立てながら上って行った。朝の光の中を、先頭の車が、丘の向こうに姿を消し、つづいて一台ずつ見えなくなって行った。全部のトラックが姿を消すと、後に重いエンジンの音だけが残ってきこえた。

日本人たちが、ぞろぞろと星賀の周囲に集ってきた。どれも、痩せて、兇暴な顔をした連中ばかりだった。男や、女や、老人たちが無言でスミルノフ大尉をとり囲んだ。

「殺してしまえ！」

と、女の声がした。

「そうだ！」

「露助め！」

スミルノフ大尉の顔が白くなった。群衆は星賀を押しのけて、大尉に近づこうとしていた。

「やめろ！」

と、星賀が言った。「つまらん事をするな」

「やっちまえ！」

と、男たちが叫んだ。星賀が、拳銃を群衆に向けて威圧するような声で言った。

「ロシヤ人の一人や二人、殺したところで何にもならんぜ。それよりも、まず、三十八度線を越えることが先だ。ここでぐずぐずしてると、さっきのトラックに通報されるぞ。いいか、おれの命令通りに移動するんだ」

星賀は、スミルノフ大尉を振り返って、

「しばらくここで我慢してくれ」

彼は若い男たちに、大尉を近くの樹にしばりつけるように命じた。

「いまに後悔するよ、ホシカさん」

スミルノフ大尉は、変に凄味のある声で星賀をみつめて言った。

「よし」

星賀は、そばに転がっている平らな岩の上に立って全員を見おろした。

「まず五列の縦隊を作れ。先頭と後尾が男だ。女は真ん中にはいる。子供と年寄りには二人ずつ左右につけ。あの正面の丘まではゆっくり行く。丘を越えたらまっすぐ突っ走るんだ。荷物はみんな捨てろ。途中で保安隊の警邏《けいら》に見つかっても止るな。相手がもし発砲したら撃て。それまでは発砲するんじゃない。いいな。とにかく丘を越えたら走るんだ。おれが先導する」

星賀は、群衆をかきわけて、素早い動作で斜面を横切り、丘のふもとから上りはじめた。

全員は五列縦隊を作り、星賀の合図を待った。星賀は丘の頂上にさしかかろうとしていた。赤土の斜面が、朝陽を浴びて燃えるように鮮かだった。時計を見ると、五時五十分だった。

結城は自分の班を整理し、人員を数えた。自分を含めて三十九人。

〈最初は二百人いたんだ――〉

彼の頭の隅を、敗戦の日から一年の過ぎた日々が、素早く流れて過ぎた。

「どうしたんだろう？」

と、少年が言った。人々は皆、かたずをのんで丘の上の星賀をみつめていた。

星賀は、その牛の背のような赤い丘の稜線に、向こうをむいて立っていた。だらりと両手をさげ、脱力したような姿勢で、彼はじっとしていた。彼は何の合図もしなかった。

なかった。

「行こう！」

と、隊列の中から誰かが叫んだ。

「まて。合図があるまで動くな」

何分間か死んだような沈黙が続いた。星賀は、丘の上に、さっきと同じ姿勢で動かなかった。

「行きましょう！」

と、女の声がした。陽子の声だった。「ぐずぐずしてると見つかってしまうわ」

「待て！」

と、結城は制した。だが、もう人々はわれがちに丘へ向けて駆け出していた。子供の泣き声が起こった。母親に片手をつかまれて、その女の子は麻袋のように赤土の斜面を引きずられて叫んでいた。六百人の男や、女や、老人たちが、土煙りをあげて走っていた。それは、恐怖に駆られた家畜の大群の暴走に似ていた。

結城も左右からぶつかってくる腕や頭に押されながら走っていた。空の色は、美しい血の色のような輝きを帯びていた。激しい息づかいと、荒々しい足音と、幼児の悲鳴と、何か兇暴な気配が、彼の周囲にあった。倒れた女の腹を踏みつけて、結城は一瞬よろめいた。それが陽子のような気がしたが、彼は後を振り返らずに駆け続けた。

丘の稜線が目の前に迫り、視界が突然ひらけた。

結城は、へたばるようにその場に坐り込んだ。彼の左右には、若い男たちが数人、激しく咽《のど》をぜいぜいいわせて足を投げ出していた。ふり返ると、女や、老人たちが、昆虫のように丘をはい上ってくるのが見えた。

「あれは何だ！」

と、誰かの叫び声が響いた。「あれは！」

結城は首を回して、丘の前方にひろがる地形を眺めた。薄いもやが少しずつ消えて行き、目の下に、奇妙な光景がはっきりと見えてきた。

白く光っている大きな河だった。それはゆるやかに蛇行《だこう》して左右に延びていた。その河の中央に、黒い、長い鉄橋が二本見えた。鉄橋の左右には、市街があった。東南寄りに、飛行場の滑走路が見えた。

〈見たことがある！〉

結城は何度も目をこすって、その景色を眺めた。彼だけでなく、まわりの連中が、それぞれ、放心したように目をすえていた。

「これは――H市だ」

誰かが唸るように言った。

「あれは大同江だぞ。そうだ。あの鉄橋を見ろ。おれたちはいったい――」

「畜生！」

と、少年の声がした。「結城さん、欺《だま》されたんだ、おれたち」

「そんな馬鹿な――」

と、結城は呟いた。「そんな馬鹿な」

だが、それは確にH市だった。少なくとも南鮮の街ではなかった。

「おい！　星賀」

と、男の一人が叫んだ。「これは一体どういうことなんだ」

「やつを引っぱってこい！」

と、他の男が言った。数人が駆け出し、星賀をつれて来た。

「やられたな、スミルノフの野郎に」

と、星賀は吐き出すように言った。「やつは最初から約束を守るつもりはなかったんだ。おれたちを乗せて、連中は一晩中H市のまわりをぐるぐる走り回ってただけなんだ、おれたちも途中で検問に会わないのが変だと思っていた。しかし――」

「今更そんな事を言って何になる」

と、一人が怒鳴った。「貴様、よくもおれたちを欺したな」

「欺したのはスミルノフ大尉だ。おれじゃない」

「黙れ！」

と、一人の男が星賀の肩を突きとばした。体格のいい、ひげ面《づら》の男だった。

「おれに触るな」

と、星賀は呟き、拳銃を抜き出した。「欺そうと思ってやったわけじゃない。それに何だ。一から十までおれに頼って来たくせに、今更文句が言える筋か」

「この野郎はソ連軍の将校とグルなんだ。最初から計画してやったに違いないぜ」

「そうだ。非国民め」

「同胞が餓死してる時、こいつは自動車を乗り回してやがったんだ。妾《めかけ》を何人も作って一人だけ好きな事をしてたんだ」

「やめろ」

と、星賀が言った。「てめえら、やりたい事をやる甲斐性もないくせにギャアギャア言うんじゃない。今度の計画は失敗したんだ。また、もう一ぺんやりゃいいだろう。いくじなしめ」

「なんだと」

男の一人が星賀に体ごとぶつかって行った。二人は土煙りをあげて丘の斜面を滑り落ちた。

「やれ！」

と、誰かが言った。男たちが、丘を駆けおりて行った。銃声がした。男の一人が腹をおさえてうずくまった。そして星賀が足をすくわれて倒れるのを結城は見た。

丘の上では、女や、老人や、子供たちが、黙ってそれを見おろしていた。女たちの目は、暗く陰惨なくまにかこまれていた。髪を振り乱し、幼児を抱いて、泣いている女もいた。

「欺されたのね、あの男に」

と、背後で陽子の呟きがきこえた。

「そうじゃない」

と、結城は言った。「欺したのはあの男じゃない。スミルノフ大尉だ」

「どっちだって同じやつらさ。殺してしまえばいいんだわ」

その時、丘の下で男たちの輪がほどけた。赤土の斜面に、黒い血の流れが拡がって行った。星賀と、もう一人の男が、朝日の中に奇妙にねじれた形で倒れていた。

男たちは、土煙りを立てて、斜面を滑り降りて行った。彼らはスミルノフ大尉をしばりつけた樹の方へ歩いて行った。

スミルノフ大尉をとりかこんだ男たちの、細長い影が静止した。

乾いた銃声が二発鳴った。しばらく間をおいて、変にこもった一発がきこえた。

結城は無意識に腕時計に目をやった。時計のガラス板は破れて、長針が飛んでいた。

結城は、膝を抱えるように倒れている星賀の体と、黒い血の河を眺め、樹にしばりつけられたままうなだれているスミルノフ大尉の影を眺めた。

「終ったな」

と、彼は誰にともなく呟いた。「さあ、帰ろう」

「どこへ？」

と、誰かが言った。

「H市へ」

結城は、先頭に立って丘を降りて行った。陽子が続き、少年と、班の連中が続いて降りはじめた。

途中で振り返ると、真赤に燃えるような丘の斜面に、ぞろぞろと降りてくる女や、子供たちの痩せた長い影の列が見えた。それは、すでに生きている人間の影のようではなかった。

おれたちはどこからきて、どこへ行くのだろう、と結城は考えた。この土地へ来たのが間違いだったかも知れない、という気がした。

# 解説

川崎彰彦

早稲田露文科の一九五三年入学組で出していたガリ版のクラス雑誌『凍河』の何号かに、I君という同級生が、たしか大貝邑二というペンネームで『ピョンヤンの丘』という小説を発表した。雑誌が手もとに残っていないので不確かだが、それは朝鮮平壌での敗戦直後の時期を扱った作品で、凍てついた郊外の丘に同胞の死体を埋めに行くような話だったと記憶する。

同級生には引揚者が多く、二、三年道草を食っているのがザラにいた。I君も朝鮮からの引揚者で、大柄だったが痩せて飄々としていた。恬淡と物静かだったが、その猫背ぎみの肩のあたりに、思いなしか、内地で終戦を迎えた私などにはうかがい知れぬ虚無のかげりのようなものがあった。

I君の小説は、大学生の書いたものとしてかなりの力量を示していたと思う。細部を忘れてしまったが、なんでも主人公の少年が理不尽な、やりきれないような誤解を受ける場面があった。合評会のとき、弱輩の私は「ここで当然、抗弁や申し開きがあってしかるべきではないか」という意味の発言をした。たちまち周囲から反論が降りかかってきた。「こんな状況に置かれたら、そんな気にはなれない。なにひとつ言いわけせず黙っている主人公にこそ重いリアリティーがある」と。私は行きがかり上、なおも口をとがらせたことだろうが、内心、自分の甘さ、苦労知らずを恥じていた。

合評会の席上に五木寛之がいたかどうかはおぼえていない。アルバイトに忙しくて顔をみせなかったのではないか。彼は私たちより一年早く入学していたのだが、その日その日を食いつなぐのにせいいっぱいで、ろくに教室に出ず、私たちのクラスに「降下」してきていた。彼も朝鮮からの引揚者だった。しかしI君らの、どこか投げやりな、人生を降りてしまったような雰囲気(それはそれでなつかしかったが)にくらべると、なにものかに立ち向かうかのごとくに昂然と胸を張っているようなところがあった。詩吟や和歌朗詠がうまかった。張りのある声で、しかし、どこか照れて、技巧を表だたせる感じもあった。あるいは、そんな彼が合評会に出席していたとすれば、青くさい正義派の私にひとこと助け舟を出してくれたかもしれない。が、たといそうだったとしても、それは片岡啓治のいわゆる五木寛之の「ジェントルな」思いやりにすぎなかっただろう。

いま私は、五木寛之の、わりと改行の多い文章の行間に立ちこめている沈黙の気配を嗅ぎとることができる。それはI君の『ピョンヤンの丘』にあった底知れず暗いものとも通い合う気配だ。

五木寛之は詩吟や和歌朗詠がうまかったばかりでなく、民謡もうまかった。「おてもやん」なんか堂に入ったものだった。コンパなどで、その、彼にとっては引揚後の屈辱の思いもまつわるかもしれない九州民謡を、おどけた調子でなく、いくらかいかめしいコミック調でうたう五木には、同座者に対するサーヴィス精神のようなものが感じられた。すこし無理しているようにもみえた。

とはいうものの、五木寛之は正真正銘のおかしがり屋である。宇野浩二が牧野信一を評した言葉を借りれば「この人の腹の中には笑う虫が一疋いるように思われる」のであった。おおむね苦み走っている五木は、だらしなく笑いころげるたちではなかったが、ふだん私たちがなにげなく見すごしているような些事にもおかしみを発見して、小ばなしのような簡潔なエピソードで（これは、いまにして思えば小説家の才能にほかならない）逐一、話して聞かせたものだ。なるほど彼にそういわれてみるとおかしいから、私たちもいっしょになって笑う。しかし、そのおかしみは、五木の鋭敏な目にとらえられ、彼の巧みな語り口を通じて、はじめておかしい、といったていのものなのであった。

観察者、発見者とは、腹の中に笑う虫を一匹飼っている人のことなのだろう。笑う虫は、泣虫ともカンの虫とも、あるいはふさぎの虫ともちがって、飼主の目を乾かせるから、モノがよくみえる。

少年期いらい、むごたらしく不本意な時代をながながとくぐりぬける過程で、五木のなかの笑う虫は――いいかえれば彼の知性は、徐々に逞しくきたえられて行ったのだと思う。

おそらく彼は人間というものに絶望しているにちがいない。どうしようもないものだ、と。しかし、どうしようもないがゆえに、彼は人間が好きなのだ。おもしろくてたまらないのである。いろんなやつがいる。カッコいいやつもいればカッコわるいやつもいる。善人もいれば悪党もいる。偽善者もいれば偽悪者もいる。そして、みんな死んで行く。死んで行くのも厳然とした真実なら、死ぬまでは生きている、というのも前者に劣らないだけの重い真実をはらんでいよう。

『海を見ていたジョニー』の野牛《バッファロー》のジョニーはなぜ自殺するのだろう。彼は死なねばならなかったか。なるほど彼はベトナムの「汚ない戦争」で罪のない人々を殺しただろう。そうしなければ生き延びられなかったから。一時帰休してきた黒人兵ジョニーの苦悩は本物だ。その全身の呻きが、すごいブルースになって、人々の胸に沁みた。

が、「ジャズってのは人間の音楽だ。ジャズを好きだって事は、人間が好きだって事だ。ジャズ的ってことは、人間的ってことだ。汚れた手で、本当のジャズがやれるはずはない」また「わたしが駄目な人間になる。すると音楽も駄目になる。わたしが高まると、演奏も高まってくる。そりゃあ怖いみたいなもんだ。音楽はごまかせない。人間の内面を映す鏡みたいなもんさ」という考えを牢乎としてもっているジョニーは「汚い駄目な人間でも、素晴らしいジャズが弾けるなら、ジャズとはいったい何だ」「ジャズさえも信じられなくなってしまった」として、戦線に復帰することなく、死を選ぶ。そういうジョニーだったから、彼の最後の演奏は人々を感動させることができた。つまり、ジョニーはベトナムで人殺しをしたかもしれないが、それを苦しむ心をもっていた。ジョニーはすっかり駄目な人間ではなかった。だから死なねばならなかった。

「ジャズってのは人間の音楽だ」以下のジョニーのテーゼはまちがっていない。これを基本に据えたうえで、ジョニーのもうひとつのジャズ学説——「悲しい歌がブルースだと思ってる奴がいる。黒人の悩みと祈りの呻き声だと書いてある本もある。だが、それは違うな。ブルースって音楽は、正反対の二つの感情が同時に高まってくる、そんな具合のものさ。絶望的でありながら、同時に希望を感じさせるもの、淋しいくせに明るいもの、悲しいくせに陽気なもの、悲しいくせにふてぶてしいもの、俗っぽくって、そして高貴なもの、それがブルースなんだ」という見解に、私などはつよくひかれる。これが、押しひしがれながら、しぶとく生きぬいてゆく者の心のかたちだろう。すなわち、私たちの求める芸術のかたちだろう。この葛藤感覚のもつれの果てに、戦場帰りのジョニーは発条《ばね》が切れたみたいに死なねばならなかった。でも少年ジュンイチは一管のトランペットをたずさえて生きてゆくだろう。「正反対の二つの感情」を同時に渦巻かせながら。

少年ジュンイチにとってのジャズが、五木寛之にとっては彼の小説にほかならない。五木寛之はジョニーの口を借りて五木自身の小説観、芸術観を語っているわけだ。おれはこんなふうに小説を書きたいんだ、と。

ひとのあまりいわない作品に『GIブルース』（一九六六年）というのがある。五木寛之の三つめくらいの作品で、発表は『海を見ていたジョニー』に先だつこと五ヵ月。これは、まだ少年のおもかげを残す白人のGIジェイムズ・グリーンがベトナム行きの前日、部隊を脱走して一世一代のヒノキ舞台でピアノを弾いたあと、最も人員消耗度の激しい最前線の囮《おとり》部隊に投入されてゆく、という筋立てで、『海を見ていたジョニー』のリリカルな調べにくらべると、セックというのか、辛口のハードな文体をもつ作品で、私は五木の作品のなかでも非常に高く買っている。この小説が雑誌に発表された当時、売れない「純」文学などをぼつぼつ書きはじめていた私は、「本当のジャズには、対話が必要だ。君のピアノは孤独で、かたくなで、自分だけで歌ってる。つまり、独り言なんだ」といったようなセリフに、私の作品に対する五木の友情あつい批判をみる思いがした。五木は彼の小説を通じて、学生時代と同様、私たちに芸術論争をいどんできているのだな、と感じた。

沈黙の気配・笑う虫・絶望と希望の葛藤感覚・そして対話の精神……私は支離滅裂な記述を重ねているのだろうか。そうみえるとするならば、それは五木寛之そのひとが、しかく多面的で、入り組んでいて、容易には限定しがたい人物だからに相違ない。要するに「人間的」なのだが、そういってしまってもまた、何かが感光して、しらけてしまう。

『素敵な脅迫者の肖像』のなかで、主人公の「私」と愛人の江里子とのあいだに「脅迫者」西条について次のような会話が交される。

「ああ。悪いやつだろうな。でも、おれは彼が嫌いじゃない。おれたちみたいに、何だかだと口実をつけて、自分の良心のバランスを保とうとしたりしない所がな」
「会ってみたいわね、そんな悪い男に。わたしは悪いやつが大好きよ」

作者自身も悪党が大好きなのだ。この作品には、ちょっとキャロル・リード監督の『第三の男』を連想させるような、〈敵〉に対する倒錯した愛情が漂っている。さきに述べた葛藤感覚、ストラグル感覚のもたらした世界である。『私刑の夏』の星賀とい い、敵役を魅力的に描くというようなことは、五木にとって初歩の初歩の心得なのだろう。だが、それは、けっしてたやすいことではない。わが身のうちに、たえず敵と味方とがせめぎあっているような、そんなしたたかな面魂にして、はじめて可能なのである。

『素敵な脅迫者の肖像』という作品の主題の苦々しいまでの現代性、といったことを述べたてるのは私のガラではないので、それは読者めいめいに読みとっていただくことにして、ここで例の五木の「笑う虫」が目をさましてケラケラ笑っている細部を一ヵ所指摘しておくと——

カウンターの一番端に坐り、私は野菜スープと五目スパゲッティをたのんだ。隣に坐った色眼鏡の男も、同じものを注文した。五目スパゲッティは、エビとハムとグリンピースとシイタケがはいっていて、紅ショウガの薄切りがそえてある国籍不明の料理だ。

「五目」に傍点を振ったのは作者自身である。こういうなにげないおかしみを読み落としては、五木の魅力に半分方、目をつぶっていることになる、と私は信じている。もっとも、こんなくだらぬ個所にばかり感動するというのは、級友の露露辞典を無断で持ち出して質に置いたあと（私も共犯だったのだが）渋谷食堂の30円の魚フライ・ライスを、じつに優雅なテーブル・マナーで口に運んでいた五木のおもかげが、いまだにちらつくせいかもしれない。

『盗作狩り』は、五木のなかの笑う虫とふさぎの虫の快テンポの合奏《コーラス》だ。郷土出身の文部大臣に作詞を依頼した中学校の校歌が、じつは盗作だった、という設定に始まり、次から次へとラッキョの皮むきみたいな真相追及の追っかけが繰りひろげられる。最後に残るのはむなしい徒労感だけのようにもみえるが、ラッキョの皮のひだひだに——つまり虚実皮膜のあいだに、警抜な作者の目によって射ぬかれた真実がぎっしり詰まっている、というべきだろう。

狩りの過程で、テレビ報道部員・夏木鋭一が、裏街の二階に間借りしている、うだつのあがらない無名の作詞家・青柳アキラを訪問するくだりは、おおいに身につまされた。

大家《たいか》の先生から下請けで回されてきた作詞の仕事に、自作をもってせず、盗作で済ませたのは、スキャンダル発覚を計算ずくで、大家先生に復讐するためだったんだろう、という意味のことをいって夏木が、青柳を問い詰めたあと——

青柳は、じっと穴の明くほど夏木の顔を見つめていた。彼は、そうだとも、違うとも言わなかった。

しばらくすると、彼は全く夏木を無視したように、再びガリ版を切りにかかった。

まことにあざやかだと思う。最初、テレビ局からスタッフがたずねてきたということで、日ごろ逼塞していた「青柳の表情に一瞬、痛ましいほどの喜びの色が走った。彼は階段を転げ落ちるように駆けおり、お茶と、固くなった生菓子の皿を摑んで持ってきた」のであるだけに、その対比が、そくそくと読む者の胸に食いこんでくる。夏木を無視したようにガリ版を切りはじめる青柳の背中は、言い知れぬ思いを語っている。青柳の思い、というより作者の思いなのだ。五木寛之はゴーリキーが好きだった。五木は日本の作家だから、ゴーリキーとはまた、おのずとおもむきが異ってくるが、しかし「零落者の群れ」に伍したことのない者、彼らの心情をわがものとして感受したことのない者——つまり涙とともにパンを飲みこんだことのない者には、とうてい描けないシーンだろう。ガリ版のところの引用中、改行部分の切り口に詰まっている無量の〈沈黙の気配〉。

　この青柳ともどこか共通する気配は、かつて売れっ子の歌手であり、いまは落魄して、たった一本の子供向け番組にすがって生きている『CM稼業』の水木ミチルにも感じとれる。だが、人世の辛酸を経たミチルは、青柳のようにみじめったらしくなるのではなく、彼女の歌は、いまや、かつての器用さ、軽快さ、金管楽器を思わせる声の輝きや張りは失われているが、「歌は生きていた」のであり「人間的な強い感情、生活への確信を感じさせる何かがあった」のである。しかし、そうしてふたたびヒノキ舞台に浮上しかかった彼女も、あの『GIブルース』のジェイムズ・グリーンのように、巨大で冷酷な力に押しひしがれてゆく。……

と、こんなふうに、おおまかに図式化してしまってはつまらない。わが神は細部にこそ宿り給う、であって、五木寛之の小説のおもしろさも、そのヴィヴィドなひだひだにこそ宿っているのだ。疑う者は『CM稼業』における黒田郷介宣伝部長の容姿の描き方をみよ。あるいは歌手水木ミチルがモーターの音かまびすしい木工所の二階に住んでいることを想え。

五木寛之は風俗を大切にする作家で、こんなことをいっている。

今日的な風俗の表史を描いた部分から作品が古びて行く、という考え方にも、私は賛成しない。正確に言えば、それは、風俗を概念的に浅くとらえた部分から古びて行く、と考えたいと思う。

〈ゴーゴー酒場のサイケ調の扉をあけると、中からやかましい音楽がひびいてきた――〉

こんな調子の描写が、今日的な風俗を描いたものであるならば、それはすでに年月を経ずとも、現在ただ今、すでに色あせて古びてしまっていると言えるだろう。

（『わがカタロニア』）

まさに五木が例示しているていの描写でことたれりとしているような作家がいるとするならば、それは、野牛《バッファロー》のジョニーのいいぐさではないが、作家の「人間」が駄目なのだろう。鍵盤はすこしも息づいていないし、歌ってもいない。だが問題は「人間」などではない、というべきかもしれない。虫こそが肝心だ。笑う虫。

ここにおさめられているのは、すべて、五木寛之が『さらば　モスクワ愚連隊』でみずみずしく登場した翌年――一九六七年の作品である。

# 新装版解説

山田詠美

私事であるが、九十年代に入ってから十数年間、ニューヨーク出身のアフリカ系アメリカ人と結婚していた。

「アフリカ系アメリカ人」というのは出自を表わす言葉で、もちろん今でも有効だが、八十年代の終わりあたりから、人権意識の高さの表明のために、あえて「黒人《ブラック》」ではなく、その呼称を使うようになったのだった。人種差別撤廃を訴える自分たちにとって大事なのは、肌の色ではなく、ルーツだろ？　というのが共通認識。

正直なところ、少々、面食らった。公民権運動以降の「ブラック　イズ　ビューティフル」の歴史はどうなっちゃうの？　と。

しかし、「ブライト・ライツ・ビッグ・シティ」と呼ばれた当時のスタイリッシュ過ぎるニューヨークで、意識の低い鈍感な田舎者《いなか》と思われたくない私は、ちゃんとこう言っていたのだ。私の夫は、アフリカ系アメリカ人です、と。

そして、二〇二一年の今現在、人種間のヘイトクライムが頻発して大問題に発展する中、BLM（ブラック　ライヴズ　マター）を掲げた抗議運動が熱くくり広げられている。アフリカ系アメリカ人という御行儀の良い言葉は、いったんしまわれて、「黒人《ブラック》」というストレートな呼称に自分たちの尊厳を託して、人々は、それぞれに闘っている。

TV画面でそのニュースを見詰めていたら、「黒人のたましい」と誰かが言った。私が過ごしたヴァニティ・フェアのようだったニューヨークでは、身を潜《ひそ》めていた言葉だ。それが、今、甦《よみがえ》る。

遠い昔、日本人も、憧れと畏《おそ》れとを同時に感じながら、その言葉を口にした時代があった。『海を見ていたジョニー』は、まだアフリカ系アメリカ人という呼び名がなかったその頃に、ジャズやブルースを通じて、「黒人のたましい」に触れた少年の物語だ。

主人公のジュンイチは、港に近い飲食街で、外国船の船員やキャンプのアメリカ兵相手の〈ピアノ・バー〉という店を姉の由紀《ゆき》と二人で営んでいる。そこには店名通りに古いピアノが置いてあり、客が勝手に弾《ひ》けるようになっていた。

ひょんなことから知り合った座間《ざま》キャンプの兵隊であるジョニーが、店に出入りするようになり、やがて、トランペットを吹くジュンイチとベース弾きの常連の健《けん》ちゃんと店のピアノでジャズセッションをするようになる。

黒人のジョニーの奏でるピアノは〈新鮮な血液のように客たちの間に流れ〉、バーの雰囲気を温かくなごやかに変えるのだった。

ジョニーは素晴らしいジャズ・ピアニストである以上に、〈大したジャズ学者〉で、ジュンイチは、彼からさまざまな教えを受ける。

〈音楽は人間だ〉

〈音楽はごまかせない。人間の内面を映す鏡みたいなもんさ〉

そう言っていたジョニーが、ベトナム戦争に行き、十ヵ月後に短い休暇を得て、再び〈ピアノ・バー〉に戻って来た。そして、自分は前とは違うと嘆く。〈汚れた卑劣な人間が、どうして人を感動させるジャズがやれるだろう〉と。

ところが、その訴えに反して、ジョニーが弾いたピアノは、〈息づいて、人間のように呻《うめ》いたり、嘆息《たんそく》したりする〉のだ。その〈震える心臓の鼓動そのもの〉である調べを、ジュンイチは、初めて聞く本当のブルースと感じる。

ジョニーは、戦争で罪のない人間を殺して来たような自分は、もう素晴らしい演奏など出来なくなった。という事実を人々に証明しようとして、かえって人の心を動かすブルースの本質をさらけ出してしまう。彼の音楽理論が美しい矛盾によって支えられているのを示す、何とも言えないやるせない場面だ。

日本人が、ジャズやブルースを思う時、いや、それを作り出した「黒人」たちですら、ある種のイメージにとらわれる。粋《いき》でありながら泥臭く、痛みを伴いながら甘く感傷的であり、圧倒的な躍動感と完璧な静寂を合わせ持つ、その音楽にしかないもの。いわゆる「ジャジー」とか「ブルージー」とか呼ばれる空気のことである。

私が、気をつかい忖度《そんたく》をして、前夫のファミリーや仲間たちを「アフリカ系アメリカ人」と呼んでいた、ある種の時代、ジャズはインテリのための勉強する音楽になり、ブルースは老人のものとされつつあった。ジャズクラブ？　客は気取った白人客と日本人観光客でいっぱいだろ？　などと揶揄《やゆ》されることもたびたびだった。

ところがどうだろう。実際に、その音を肌で感じた瞬間、知り合いのブラックピープルは、これぞ我らの音楽とばかりに、ジャジーに、ブルージーに、加えて、クールにファンキーに、その場の空気を揺らす音に身を委《ゆだ》ねるのである。

一緒にいる私は、彼らと同類のふりをして、リズムを取ったりするのだが、内心は敬服しているのだ。すごい！　かなわないや。やっぱり、この人たちは「黒人のたましい」を持っているんだな、と。そんな時の私は、あの〈ピアノ・バー〉で、ジョニーの演奏を感動のあまりに言葉を忘れて見とれた、客のひとりと同じ心持ちだったと思い出す。

本書には、表題作の他、四編の小説が収められている。三作は、放送業界の裏を描いたもので、それぞれ、醒《さ》めた男たちの哀感が漂う。そして、最後の一作は、引揚げ難民を指揮して北から南鮮への移動を実行しようとする緊張感あふれる一夜を綴《つづ》ったものだ。

どの作品も乾いた筆致で男たちの関わりを描きながら、泣くに泣けないウェットさが滲《にじ》み出る。ジュンイチとジョニーも、またしかり。ジョニーに「黒人のたましい」を見て来たジュンイチは、物語のラストシーンで、人間のたましいそのものを目撃する。後に彼の吹くトランペットも彼自身のたましいそのものの音色を響かせることだろう。

本作品は一九七四年五月に講談社文庫で刊行されたものを、本文組み、装幀を変えて、新装版として刊行したものです。当時の時代背景に鑑み、原文を尊重しました。

|著者| 五木寛之　1932年福岡県生まれ。戦後朝鮮半島から引き揚げる。早稲田大学文学部ロシア文学科中退。'66年『さらばモスクワ愚連隊』で小説現代新人賞、'67年『蒼ざめた馬を見よ』で第56回直木賞、'76年『青春の門』で吉川英治文学賞を受賞。'81年から龍谷大学の聴講生となり仏教史を学ぶ。ニューヨークで発売された『TARIKI』は2001年度「BOOK OF THE YEAR」(スピリチュアル部門銅賞)に選ばれた。また'02年第50回菊池寛賞、'09年NHK放送文化賞、'10年長編小説『親鸞』で第64回毎日出版文化賞特別賞を受賞。主な著書に『戒厳令の夜』『ステッセルのピアノ』『風の王国』『親鸞』(三部作)『大河の一滴』『下山の思想』など。


海《うみ》を見《み》ていたジョニー　新装版《しんそうばん》

五木寛之《いつきひろゆき》





講談社文庫

定価はカバーに
表示してあります

2021年7月15日第1刷発行

発行者――鈴木章一
発行所――株式会社　講談社
東京都文京区音羽2-12-21　〒112-8001
電話　出版（03）5395-3510
　　　販売（03）5395-5817
　　　業務（03）5395-3615

KODANSHA

デザイン―菊地信義
本文データ制作―講談社デジタル製作
印刷―――豊国印刷株式会社
製本―――株式会社国宝社

Printed in Japan





ISBN978-4-06-524191-2

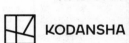

# 講談社文庫刊行の辞

二十一世紀の到来を目睫に望みながら、われわれはいま、人類史上かつて例を見ない巨大な転換期をむかえようとしている。

世界も、日本も、激動の予兆に対する期待とおののきを内に蔵して、未知の時代に歩み入ろうとしている。このときにあたり、創業の人野間清治の「ナショナル・エデュケイター」への志を現代に甦らせようと意図して、われわれはここに古今の文芸作品はいうまでもなく、ひろく人文・社会・自然の諸科学から東西の名著を網羅する、新しい綜合文庫の発刊を決意した。

激動の転換期はまた断絶の時代である。われわれは戦後二十五年間の出版文化のありかたへの深い反省をこめて、この断絶の時代にあえて人間的な持続を求めようとする。いたずらに浮薄な商業主義のあだ花を追い求めることなく、長期にわたって良書に生命をあたえようとつとめるところにしか、今後の出版文化の真の繁栄はあり得ないと信じるからである。

同時にわれわれはこの綜合文庫の刊行を通じて、人文・社会・自然の諸科学が、結局人間の学にほかならないことを立証しようと願っている。かつて知識とは、「汝自身を知る」ことにつきていた。現代社会の瑣末な情報の氾濫のなかから、力強い知識の源泉を掘り起し、技術文明のただなかに、生きた人間の姿を復活させること。それこそわれわれの切なる希求である。

われわれは権威に盲従せず、俗流に媚びることなく、渾然一体となって日本の「草の根」をかたちづくる若く新しい世代の人々に、心をこめてこの新しい綜合文庫をおくり届けたい。それは知識の泉であるとともに感受性のふるさとであり、もっとも有機的に組織され、社会に開かれた万人のための大学をめざしている。大方の支援と協力を衷心より切望してやまない。

一九七一年七月

野間省一